【环保中国·自然生态美文馆】

最后一个牧马人

主编◉马国兴　吕双喜

郑州大学出版社

图书在版编目(CIP)数据

最后一个牧马人/马国兴,吕双喜主编. —郑州:
郑州大学出版社,2015.6(2023.3 重印)
(环保中国·自然生态美文馆)
ISBN 978-7-5645-2282-7

Ⅰ.①最… Ⅱ.①马…②吕… Ⅲ.①小小说-小说
集-中国-当代 Ⅳ.①I247.8

中国版本图书馆 CIP 数据核字(2015)第 097861 号

郑州大学出版社出版发行

郑州市大学路 40 号　　　　　　　邮政编码:450052
出版人:孙保营　　　　　　　　　发行部电话:0371-66658405
全国新华书店经销
三河市鑫鑫科达彩色印刷包装有限公司印制
开本:710 mm×1 010 mm　1/16
印张:13
字数:194 千字
版次:2015 年 6 月第 1 版　　　　印次:2023 年 3 月第 2 次印刷

书号:ISBN 978-7-5645-2282-7　　　定价:42.00 元
本书如有印装质量问题,请向本社调换

"环保中国·自然生态美文馆"

总策划、总主审

杨晓敏　骆玉安

编委名单

主　编	马国兴　吕双喜

主　编　　马国兴　吕双喜

副主编　　王彦艳　郜　毅

编　委　　连俊超　李恩杰　李建新

　　　　　牛桂玲　胡红影　李锦霞

　　　　　段　明　孙文然　郑　静

　　　　　梁小萍　郑兢业　步文芳

序

在当下的文学大家族里,一些具有良好文学潜质的小小说作家,在经过多年的创作实践后,不仅在掌握小小说文体的艺术规律上愈加稔熟,能在字数限定、结构特征和审美态势上整体把握到位,而且在创作上有意识地思考,即在选择题材、塑造人物和表现形式上,也彰显出个性化的自觉追求。

比如,小小说作家在自然生态题材领域的探索,就为这个新兴文体的良性生长注入了鲜活的元素。

作家首先是一个人、一个公民,不能丧失人类良知和社会使命感。同理,作家首先是自然的一分子、自然的儿女,不能丧失生态良知和自然使命感。在愈演愈烈的生态灾难危及整个自然、整个人类之存在的时期,众多的小小说作家,以自己艺术化的作品,直面不断恶化的生态现实,反思人类陈旧的思想观念,赢得了读者的尊重与喜爱。

《环保中国·自然生态美文馆》丛书,集中展现了小小说作家以独特的艺术形式,探讨具有普适性的自然生态思想问题。

蔡楠的《行走在岸上的鱼》,传导多层面的文化信息,以诡异的题旨、唯美的笔调、梦幻一般的结构、强烈的批判意味,不动声色地解构现代文明在提升人们生存质量的同时,囿于人类无节制的欲望,正在把难以负重的大自然,一步步挤压得窘迫无奈,连鱼儿也出水逃逸。在作者眼里,什么都是可以变异的。所谓文明也是一柄双刃剑。人既可以用自己的聪明才智,创造出征服自然的硕果,当然也可以滋生为一种贪婪无度,来吞噬掉人类与大自然和谐相处的生态家园。

申平的《绝壁上的青羊》,注重象征手法的使用和宏大主题的有效表达。作者写一个农民为给儿子治病,不惜铤而走险到绝壁上去猎杀青羊。青羊本身就非常弱小,被人类和猛兽逼上绝壁;而农民同样作为弱势群体,因为看不起病而被逼上绝壁打猎。这两个弱势代表在绝壁上相遇,最后农民发现青羊怀孕而不忍心杀害它。农民最后挂在绝壁上,远远望去就像是一只青羊。这种象征意义远远超出了作品的主题本身,形成了一种非常形象而强大的冲击力。

非鱼的《荒》,结构奇崛,题旨宏大,语言叙述张弛有致。作者把政治、社会、人生、环境等重要元素糅合在一起,反诘着振聋发聩的古老命题。一种精神上的空虚几近令人崩溃,无处可遁。在不到两千字的篇幅里,作者以犀利的笔锋,剖开社会生活的截面,以清晰可鉴的年轮印痕,折射出人类进化史的缩影,也是小小说"微言大义"在主题指向上的鲜明体现。

安石榴的《大鱼》,立意高远,结构精当,叙述从容,留白余响。人类的文明进步和大自然的原始形态能否和谐相处,一直是一组被反复拷问的矛盾。人应该靠自律和品行的升华,才能为这个世界乃至自身带来福音。不仅仅是"打死也不说",而且是"打死也不做"。作品的叙述不疾不徐,流淌诗意,故事情节虽呈跳跃性,表述起来却十分工稳内敛,环境、人物、气氛与题旨恰如其分地糅合在一起。

袁省梅的《槐抱柳》,以诗意的语言、不断变换的视角,描写了一位与恶劣环境抗争的老人。作者笔下倾注了全部温情,把忧心和倔强、淳朴和狡黠表现得淋漓尽致,艺术地展现了生活的真实性和人物的典型性。这里,人与自然之间相互关照的理想主义思绪在鼓荡,成为一种诉求。人如此,树如此,一个村庄如此,一个民族巍然亦是如此。于是老人与树融为一体成为一种寓意、一种象征。

此外,孙春平的《老人与狼》、陈毓的《假若树能走开》、刘建超的《流泪的水》、刘国芳的《但闻人语响》、夏阳的《好大一棵树》、曾平的《村子》、何晓的《一个人的古树名木》,等等,这些代表性作家和优秀作品所折射出来的才华,以及对社会、人生、文学的深层理解,即使和从事别样体裁写作的同行比较,也不逊其后。

阅读这些以美感丛生的语言质地表达出复杂含义的佳作,不由得让人产生深层思考:

人类自鸿蒙初开,一路走来,整天把"征服自然,改造自然"的口号作为自己骄傲的旗帜,而今数千年过去,人类社会似乎是愈加趋于高度文明了,可扪心自问,由于携带着人性的丑恶和私欲,我们在栽种绿树鲜花之时,还注入了多少蒺藜的种子使我们自吞苦果?

农药使田野的鸟儿濒临绝迹,污染的江河不再清澈,一个巴掌大的山塬桃林,竟能成为方圆百里的风景名胜。在几乎是钢筋水泥构成的环境里,人类还能为孩子们谱写鲜活的童话吗?

在急功近利地提升物质生存指标时,如果不铲除贪婪、掠夺和占有的毒瘤,社会生活必然滋生浮躁、罪恶和恐惧,人类自己的灵魂将在哪一片净土上栖息?

显然,只有推行环境保护和修复心灵的工程,天、地、人才能和谐相处,世界才不至于畸形和扭曲。每一个人都是自然生态的接口,自身的积极努力必会促使自然生态的提升,谁也不要看轻了自己。

是为序。

杨晓敏
2015 年 1 月

目 录

1

人与虎

申 平

结 仇

百虎围村那年，武刚子十六岁。后来他才知道，上百只老虎敢情是冲他来的。

那时候，武刚子正在地窖里逗一只小老虎玩呢。这虎崽是他几天前上山抓到偷偷抱回来的。武刚子爱死了它那虎虎有神的样子，就把它藏在地窖里。他给它取了个名字叫花花，喂它好吃的东西，他还硬着心肠用铁丝穿过它的一只耳朵，给它做了个耳环或者说打了个记号。武刚子正玩得高兴，忽听外面人喊马嘶，锣鼓齐响。他跑出来一看，全村都乱了套：牛啊羊啊不管不顾地直往院里和屋里钻，狗也夹着尾巴到处藏，不知是谁的声音在空气中劈裂开来："老虎围村啦——"

武刚子冲出院子，他看见爹爹武志松正举着猎枪朝天上开火，不少人正围在他的身边敲锣打鼓，还拼命地喊叫。他再往村外一看，哎呀妈呀，黄乎乎的不知有多少只老虎在村外蹦跳吼叫，天和地好像都在颤抖着。

武刚子听见许多女人在哭泣，边哭边悲惨地叫着："老天爷啊，这是怎么了啊，难道老虎疯了吗？"

武刚子天生胆大，他勇敢地看过去，发现老虎们并没有疯。它们组织有序，就在村外几百米的地方活动，并没有马上进攻的意思。他还注意到东山包上蹲着一只大个子老虎，它好像在用吼叫声指挥战斗。

武刚子看见爹爹也在挥着手讲什么，然后人们就分成一队一队的，手持长矛大刀猎枪守在各个路口，锣鼓家伙仍在不停地响着，甚至有人点燃了鞭炮。可是老虎似乎并不害怕，它们不攻也不散，就那么和全村人对峙着。

黑夜来了，村民燃起了几堆大火，但是老虎仍在近处吼叫着。天亮以后，大家看到老虎的数量又有增加，它们把村子围得铁桶一般，吼叫声已经开始变得不耐烦起来了。

村民们一个个哆哆嗦嗦，开始研究老虎为什么围村，这可是千年万年也没有过的事啊！有的说："老虎是被人打急了，这几年到处都成立打虎队，咱村的打虎队，在武志松的带领下已经打死十多只老虎了。"有的说："不对，人有三分怕虎，虎有七分怕人，如果不是摘了它们的心肝，它们肯定不会这么兴师动众前来挑战的。"这时武志松就问："这一说我倒想起来了，大家赶紧互相问问，有谁这几天掏了虎崽什么的没有？"

武刚子是第二天下午才把花花抱出来的。这时候他的脸和屁股都遭到了爹爹的猛烈打击。武刚子抱着花花走向村外，全村人都在后面严阵以待。武刚子看见虎群一下安静下来，他感到世界霎时变得一片死寂。他走出两百米，放下花花，一边倒退着往回走，一边看着花花步履蹒跚地跑向虎群。

大个子老虎一声吼叫，虎群开始撤退。

全村人都松了一口气，又守了一会儿，天黑了，大家就纷纷回家睡觉。

惨剧是午夜时分发生的。武刚子睡得迷迷糊糊的，突听外面好像刮起了风暴，接着就是牛羊猪狗的惨叫声。武刚子趴到窗上，看见月亮地里正有两只老虎跳进他家的院子，一只一口叼起了他家的猪，一只一口咬住了他家的驴。这时武刚子听见房门"哗啦"一声开了，他爹武志松的高大身影一下出现在院子里，他怒吼一声，一枪打倒了一只老虎，又飞出一把锋利的斧头，砍翻了另一只老虎。武刚子正要拍手叫好，却听见一声霹雳般的吼声响起，随后一个巨大的黑影从院外飞来，一下子将爹扑翻在地。武刚子随后看清了，这正是白天坐在山包上指挥群虎的那只虎王，只见它两眼像灯笼，大口如血盆，一下咬住爹的脖子，头一摆，就将爹背在了背上，一纵身，飞出院外去了。

爹爹被虎王叼走的整个过程也就是几秒钟，留给武刚子的却是终身不灭的记忆。他后来一直都在努力回忆，爹被扑倒时好像喊了一声什么，但是他却没有听清。他本来想追出去的，但是娘却死死抱住了他，并拼命地插上了门。

天亮很久以后人们才敢出门，这才知道全村所有人家的牲畜几乎被洗劫一空。人们还在后山上找到了武志松的一只鞋和一块腿骨。

武刚子久久跪在埋有父亲一只鞋和一块骨的坟前，他觉得心中正有一颗仇恨的种子在慢慢发芽。一夜之间，武刚子觉得自己长大了。

复　仇

武刚子是三年以后继承了爹爹的遗志，当上打虎队队长的。十九岁的他已经长得像他父亲一样高大，而且因为仇恨在胸，他显得比父亲还要威猛。这三年之中，他已经熟练掌握了各种猎虎技巧，死在他手中的老虎已经有二十多只了。

三年间，武刚子一直都在寻找那只吃了他爹的虎王，但他一直没有找到。不过随着山中老虎数量的锐减，武刚子觉得他离虎王的距离越来越近了。

这天，武刚子去县里参加打虎英雄表彰会回来，把县长亲自发给他的奖状贴在墙上，就让娘给他准备干粮，说他明天还要进山。

娘说："儿啊，我看这虎也打得差不多了吧。你英雄也当了，仇也算报了，就不要再去了。"

武刚子说："娘，不杀了那虎王，怎么算给我爹报仇呢？不行，啥时打死

它,啥时我才歇手呢!"

武刚子带着他的打虎队,又向山里进发了。他们刚出村,就发现村外的许多庄稼又被野猪毁坏了。现在虎少了,野猪又开始兴妖作怪了。就有人对武刚子说:"队长,不如我们今天先打野猪吧。"武刚子说:"打虎队怎么能打猪呢? 等打完老虎,杀了虎王,我们再来对付它们吧。"

众人就嘟嘟哝哝地说:"现在已经没有多少老虎了,打虎队也不能眼看着野猪害人吧。"武刚子被他们说得火起,他说:"那好吧,那今天你们就留下来打野猪吧,我一个人找虎王去!"

武刚子在山里转了两天,真的没有打到一只老虎。有种种迹象表明,遭到人类沉重打击的老虎,已经向更深、更远的山中转移了。

武刚子看看手中的猎枪,摸摸腰间的猎刀,扶扶背上的弓弩,感到心有不甘。一个声音在提醒他:"走,往更远的地方走,一定要找到虎王,杀死它,这样才有个了结!"

武刚子又往山里走了两天,他终于在一座大山上发现了一堆新鲜的虎粪。武刚子周身的每一根神经,立刻变得兴奋起来。

武刚子先找到了个树洞,钻进去睡了一觉,然后他吃了一块虎肉,喝了一肚泉水,开始行动了。他挖陷阱、设圈套、架弓弩,在他认为老虎必到的地方都布下了机关。这时天已经黑了,他又爬到树上去睡觉了。

夜里,他果然听见了虎啸之声,而且,从声音中他判断,这山上至少有三四只老虎。最叫他兴奋的是,他听出其中的一个声音好像是虎王。当年这家伙的叫声给他留下的印象太深刻了。

天亮了,武刚子跳下树来。他很快发现,他的弓弩已经射杀了一只老虎,绳套套住了一只老虎。那家伙见他来,拼命吼叫挣扎,武刚子一枪便要了它的命。武刚子正要重新装子弹,突听炸雷般一声狂吼,山崩地裂,日月无光,一只巨大的斑斓猛虎出现在他的前面:它眼如灯笼,口如血盆,头上的一个王字,在晨光之中显得格外鲜明。

"啊! 虎王! 我终于找到你了!"武刚子奇怪自己怎么一点也不害怕。

他先把没有装子弹的猎枪朝它扔去，在它躲闪的当儿已经抽刀在手。"来吧！"武刚子喊，他感到爹就在他的身后帮他。"来吧！"他大声地叫。

虎王将两只前爪在地上捺了捺，长啸一声，铺天盖地向武刚子扑来。武刚子将身一纵，早已闪到一棵树后。那虎扑了个空，转身又扑，武刚子再躲到石后。虎王气得咆哮如雷，奔跑着到石后抓他，武刚子却又跳到了石头顶上。其实虎和人比，肯定没人灵活。如果人不怕虎，与之周旋，那虎就很难捉到人。且说那虎几番捉不到武刚子，早气得乱了方寸。武刚子捉个破绽，将锋利的猎刀，一下从侧面插入虎王的腹部，他将猎刀一拧一搅，然后拔出，他看见虎王的鲜血喷泉般涌出，它狂吼一声，一直滚到山下去了。

武刚子这时才觉全身瘫软，他正要坐下来歇息，却又听见一声惊天动地的吼声，一只和虎王差不多大小的老虎突然出现在他的眼前。武刚子仓促应战，却觉得浑身已经没有多少力气，他喘息着，把刀锋对着老虎，心说："今天此命休矣！"

人和虎对峙着，一秒钟都显得无比漫长。武刚子忽然发现，这只虎的耳朵上戴着一截铁丝。"花花！"武刚子叫了一声，在那一刻，他真想放下刀扑过去。这可是他亲手养过的花花呀！

只见那虎好像也认出了他，它慢慢收了架势，朝他吼了一声，猛地转过身，向林间蹿去。蹿出好远，还回头看了武刚子一眼。

武刚子瘫坐在地上。

寻　亲

仿佛只是一眨眼的工夫，五十年的光阴就过去了。

武刚子如今已是七旬老翁，走路都要拿根拐杖了。

这位当年的打虎英雄，不知从什么时候开始，却在人们的心中走向了反面。大家看他的眼神，不再充满敬畏，而是夹杂着谴责甚至是仇恨，他不止一次听见有人在他背后窃窃私语："就是他带人把这一带的老虎赶尽杀绝

的,什么英雄,简直就是愚昧啊!"

武刚子经常被气得浑身发抖,他抓住一切机会向人们宣传和解释:当年他们打虎也是被迫的。那老虎不断伤人,今天叼走了这家的娃,明天又吃掉了那家的牛,甚至成群结队地围村,不打怎么能行呢?

但是不管武刚子怎么解释,人们看他的眼神还是有点古怪,仿佛他真的是个凶手似的。

武刚子很痛苦,他经常在村头的树下一坐就是一天,他在仔细地回想当年的那些事情,想着那些事情到底都是怎么发生的。

有一天,他终于想明白了,当初人和老虎战得那么激烈,刨根寻底,责任还在于人。他记得那年大炼钢铁,成群结队的人涌到山里,大肆砍伐山林当柴烧;山上没了树,随后又被开荒种地,本该是野兽的领地就这样被人强占了。接着,没东西吃的野猪、山牛什么的就来吃庄稼,人不让,就打。野猪和山牛少了,老虎没了吃的,就下山吃家畜,甚至吃人……对,事情就是这么勾扯牵连,因果循环的。如此看来,自己当年那么仇虎、杀虎,也的确是有点过分了。

而且如今因为山上没有了老虎,野猪又泛滥成灾了,狼也开始猖狂起来了。如果山中有老虎的话,这种情况是不会出现的。武刚子很奇怪自己当年怎么就一点也不明白这些道理呢?

武刚子想明白了这些,就把当年那些表彰他这个打虎英雄的奖状都撕掉了。

这天武刚子看电视,他看到一则农民拍到老虎成为英雄的消息。尽管后来又证明这个农民在作假,但这件事使武刚子大大地兴奋起来。他马上就想起了花花,想起了那个曾被他疼爱、被他放掉、后来又放了他一马的花花。武刚子清楚地记得,花花是一只母老虎,是母的就能生崽。虽然花花肯定早就死了,但是它的后代难道就没有一只留下来吗?

武刚子又想起了花花跑向树林回头看他的眼神,那眼神充满幽怨,充满祈求,充满了许许多多说不清道不明的东西。正是这眼神使武刚子从那以后再也没有打过老虎。为了花花,他彻底洗手不干了。

这天,武刚子把他的儿孙们都召到了一起,他向他们宣布了自己的一个重大决定:他要进山去找老虎。他对儿孙们说:"第一你们不要拦我,拦我也没有用;第二你们也不要去找我,等我找到老虎,或是发现了老虎,我会自己回来的。"

第二天,老猎人武刚子真的进山去了。不过他没有带刀,更没有带枪,除了必备的东西,武刚子只带了一把小铁镐。这铁镐既可以防身,又可以随时挖坑种树。

武刚子扔了拐杖,大步流星地往山里走去。他尽力挺直腰板,以便让站在村口的儿孙和村人看到他还不老,还是风采依旧。

转眼,武刚子已经进山半个多月了。他还没有回来。人们做着各种猜测:有的说他已经发现了虎踪,正在乘胜追击;有的说他连根虎毛也没有发现,很绝望,不想再出山了;还有的说他遇上了狼群,被狼吃掉了……

武刚子的家人更是忧心如焚。他们听说有时小孩子的话很灵验,就去问武刚子的一个年仅三岁的孙子:"你说爷爷啥时回来啊?"小孙子说:"快了,他快回来了。爷爷是骑着一只大老虎回来的。"家人大惊,信以为真。他们就一天又一天地盼望着。

所有的人都在盼望着。

狼　涎

申　平

这个故事的开头有点俗：有个叫锅扣的农民，有一年他进山抓了一只狼崽，带回家里养着，一直把它养大，并且还给它取了个好听的名字：温温。

温温长大以后，左邻右舍都有点害怕。他们提醒锅扣，说狼毕竟是狼，本性难改，一不小心就会生出事端来，建议他打死算了。但是温温却偏偏温顺得像只绵羊，使锅扣根本找不到应该打死它的理由。而且有天夜里，温温一声不响咬翻了进锅扣家偷牛的贼人，立了大功，锅扣就更舍不得打死温温了。

这年夏天的一个中午，锅扣在家中赤裸上身午睡，醒来时忽然发现枕旁的席上有一摊黏液，闻一闻，有点腥臭，他一时不知道这是什么东西，擦掉以后，也没在意。第二天午睡之后，又发现了一摊这样的东西，锅扣便开始警惕起来。

第三天，锅扣假寐，耳朵紧张地捕捉着屋内的动静。终于听见一阵轻微的声响。他先是屏着气不作声，过了一会儿，偷偷从眼缝里望过去，却见温温正蹲在他的身旁，一双眼睛贪馋地看着他赤裸的肉体，大嘴张开，舌头伸出，涎水正一点点从舌头上滴落下来……

锅扣这一惊可真是非同小可。他毛发直立，大吼了一声："呔！"猛地跃身而起，举起枕头去砸温温。温温自然也是吃惊不小，它慌忙跳下地，风一样逃出屋去。

在这一瞬间,锅扣下定了打死温温的决心。

但是从这天开始,他却无法再接近温温了。那家伙也许知道了事情不妙,白天便躲避起来,直到半夜才转回家来;等天亮锅扣起身,它远远望他几眼,便又不知去向。

锅扣决定将其诱杀。但是此时的温温已显示出它作为狼的智商,它一连几次识破了锅扣往肉和饭里下毒,企图毒杀它的阴谋。此后,它便不再回家了。

几年以后,当锅扣已经把温温渐渐忘了的时候,有一天他出门一个人走夜路,当他走到一处荒凉之地的时候,突然,他觉得两个肩膀一沉,鼻子里也立刻涌进一股腥臭的味道。锅扣知道坏了——他背上趴着的是狼。作为山里人,锅扣知道此时绝不能回头,一回头狼就会咬断他的脖子。惶急间,他两手抓住狼的两只爪子,用力往前拉,头拼命往后顶。他就这样背着狼往前走,他感到狼的涎水不断地往他的身上流淌。他努力坚持着,加快脚步走向村庄。

但是情况很快又发生了变化,他发现前面的路上又出现了几只狼,睁着绿幽幽的眼睛蹲在那里拦他。他一看坏了,忙把身上的狼抢起来往前使劲一扔,然后转身拔腿便逃。但是人哪里跑得过狼?眨眼间群狼已经到了他的近前。他大叫了一声,就顺着一面山坡滚了下去。山坡很陡,又有石头,他滚了一段就失去了知觉。失去知觉之前他想的就是:完了,今天自己肯定喂狼了。

后来他似乎恢复了一些知觉,朦胧中他听见满耳都是狼嗥声,其中一个声音就在自己的身边,它嗥着,还不时发出一种威胁性的咆哮,甚至还有狼打架的声音。他想动,但是动不了,连睁开眼睛的力气都没有,他只好躺在那里等死。

奇怪的是狼一直没有吃他,后来干脆连狼叫声也消失了。他感到天在一点点地亮起来。他又清醒了一点,使劲睁开眼睛,他又被吓得昏死过去。

他看到一只狼就蹲在自己的眼前,一双眼睛在贪馋地看着他,嘴巴张开,血红色的舌头伸出来,狼涎在往外滴着。他还听见了它哈哧哈哧喘气的声音。

锅扣再次醒过来的时候,发现天已大亮了,他奇怪自己竟然还活着。他再次睁眼,咦,发现那只狼也不见了。他挣扎着爬起来,这才看见自己的身上、脖子上、脸上,到处是湿湿黏黏的东西,腥臭气味扑鼻而来。而四周的地上,密密麻麻布满了无数狼的爪印。

锅扣使劲想了一会儿,叫了一声:"温温!"他好像什么都明白了。

猎　豹

申·平

　　老爷岭这一带,早些年就经常有豹子出没。张五他娘十三岁的时候,曾和弟弟一起亲手杀死过一只豹子。

　　那天晚上,她和弟弟在家看家,饿了,就在火盆里烧土豆吃。正吃着,忽见窗上的一个破洞里伸进一个狗头来,贪婪地看着他们。张五他娘有点害怕,就扔给它一个土豆吃。谁知它吃完,竟想往里拱。她弟弟只比她小一岁,却很有心眼儿,他跑去找来一个铁秤砣,在火里烧红了,又让姐姐给它。张五他娘用火钳子夹起来一扔,那狗一口就吞进肚里,只听嗷的一声惨叫,狗头缩了出去。

　　第二天一早,人们在离村子不远的一条沟里,发现了那只"狗"的尸体,原来竟是一只豹子。张五他娘好不后怕。

　　且说张五他娘长大以后,嫁了一个猎人,后来就有了张五。张五从小跟着父亲上山打猎,学会了猎人的全套本领。

　　可惜张五生不逢时。这些年,先是山上的猎物渐渐少了,后来政府又明令禁猎,张五只好改行种地。但是张五的家在山的最里面,每到冬天没事,他就会偷偷上山,去打些野物解馋。

　　后来山上的狼渐渐多起来,张五想弄一张狼皮做褥子,就去山上下了狼夹。这天早上,他踩着积雪去巡山,意外发现狼夹居然夹住了一只豹子,而

且这只豹子已经拖着狼夹跑上了山顶。

这真是意想不到的收获。这年头儿,豹皮、豹骨可是越来越值钱了。但是,让政府的人知道了可不得了啊!张五想了半天,决定速战速决。反正豹子已被狼夹打伤了,不捉它,它迟早也会死掉的。

张五摸了摸腰间的匕首,快步向山上走去,人和豹就在山顶的一块巨石后相遇了。

这是一只漂亮的金钱豹,身上的花纹和毛色新鲜好看,可能它较年轻,不然,它也不会误中狼夹。它看见张五过来,立刻吼叫着摆开架势,准备和他决一死战。

张五拔出匕首,人和豹开始对峙。这里要交代一句,张五的猎枪早已上缴,否则,他就不用费这个事了。

豹子的确胆大,它虽然腿上带着狼夹,但还是率先向张五发起了进攻。它声若巨雷,铺天盖地扑过来,一口就将张五的头皮给扯了下来。张五也不含糊,一刀便刺入豹子的肚子,并在里面用力搅着。最后人和豹子都倒了下来,但是张五没有忘记将自己的头皮重新盖回去。

张五的老婆赶来,将张五送进了医院。张五躺在病床上,还不忘指挥老婆和弟弟将豹皮扒了,将豹骨存起来,将豹肉煮熟吃掉。

尽管这一切他们做得很隐密,但到底还是惊动了村委会和乡政府。

这天,乡政府的一个副乡长竟跑到医院来问张五:"你到底打了什么动物?"

"是狼。"张五回答。

"狼?"副乡长不信,"狼皮在哪里?我要看。"

张五当然拿不出狼皮,这就更加重了副乡长的怀疑。随后,他又来了两趟,声声逼问已快痊愈的张五。万般无奈下,张五只好实话实说。

副乡长的脸就黑了下来,他说:"张五,豹子属国家一类保护动物,你打死一只豹子,起码要判你几年徒刑。"

张五很害怕,就哀求副乡长高抬贵手。副乡长最后说:"好吧,你先把豹皮交给我,我替你保存着,看看能不能把这事压下去,因为这件事若捅出去,对我也没什么好处。"

张五立即让老婆连夜把豹皮给副乡长送去了。从此果然没有了动静。

张五快出院的时候,传来消息说:副乡长已放出话来,说他已把事情调查清楚了,张五打的就是一只狼。

张五把豹骨悄悄卖了,不多不少,正好摆平了他的医药费。他从此发下毒誓:再也不打任何动物。

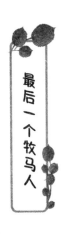

槐抱柳

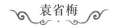

袁省梅

你见过这样的树吗？

本是棵槐树，扭曲的躯干，黑铁般的、龟裂的表皮，半腰里却被谁挖走了般，凹陷成一个马槽般的大坑。偏偏就在那大坑里长出了一棵柳树，枝条越长越大，夹在槐树横横竖竖的枝条间。风沙把村里村外的树都击打得枯死了，却在槐抱柳跟前没了奈何。

槐抱柳活着，准确地说，槐抱柳也有一部分死了，死了的是槐树的一半，长在槐树怀里的柳树却活得好好的。

这棵树生长在五里柳，是五里柳唯一的一棵树，自然也是五里柳最老的树。谁也不知道这棵树多少岁了。就像不知道王长信老人活了多少岁。有人说老人一百岁了，有人说加上闰年闰月该一百多了。王长信老人听了，笑得咯咯的，指着村口的槐抱柳说："它肯定知道，你们问它吧。"

可是，没人问这棵老树。

人们都很忙。

人们被风沙撵着，忙着搬家。人们说，五里柳不能住了，风沙要把人都给埋了。王长信老人没走。老人说他不走，说，那些空荡荡的院子房子不让他走，五里柳不让他走。老人说："我走了，谁管这棵槐抱柳呢？"

王长信老人每天从很远的地方担水，给自己喝，给槐抱柳喝。

"都走了,就剩咱俩了,"王长信老人给树浇着水,咯咯笑,"五里柳就剩咱两个活物了。"

老人把这棵树当成人了。

王长信老人浇完树,又去挑水了。村里,地里,老人种了好多棵树苗。

"我就不信风沙能跑过咱,"老人叨叨着,"五里柳不能只有你和我啊。咱得把风沙撵走,得让房子是房子,院子是院子,得让鸡飞狗跳鸟叫人闹。"

一场风沙过后,五里柳又是死寂一片,树苗东倒西歪的,有的连影子也吹刮到很远的地方,看不见了。村口的槐抱柳就担心,戚戚地把满身的结疤都瞪成了大大小小的眼睛寻找老人。槐抱柳担心风沙把老人也吹刮得歪倒了。

沙梁上老人咯咯地笑:"我的命硬着哩,不怕。"

老人在沙梁上,挖了更深的树坑,把一棵棵倒了的树苗扶起来,压实,浇水。

老人说:"就不信撵不走风沙,不信这树活不了。"

恣肆的阳光里,老人提着铁锹,担着水桶,晃晃悠悠,晃晃悠悠地在沙梁上忙碌。

槐抱柳安心了,安安静静的,没有一丝声息。老人再给老树浇水时,老树就对老人说:"您也是一棵树,会走的树。"

老人"咯咯咯咯"笑得开心,粗糙的手抚着老树,说:"我是树,咱都是树,五里柳要有好多的树。"

老树满枝头的叶子就"哗哗哗哗"响了起来。

然而有一天,老人没有来。太阳在天上肆无忌惮地滚着,从东滚到西,老树都没看见老人,老树的每个枝条都耷拉得没了精神。

连着好几天,老树都没看见老人的身影,没有听见老人"咯咯咯咯"的笑声。五里柳是座空村。老人的笑声在村子的哪个角落,就是在十里外那条细如发丝的河边,老树也能听见老人"呼哧呼哧"粗重的喘息。老树开始担心起来。没有老人,五里柳就真的完了。老树忧愁地想着。

夕阳给五里柳罩了一件金线银丝般的外衣时,老树看见了老人。

老人晃晃悠悠地担着水,说:"不服老不行了,得叫他们都回来,回来栽树。"

老树看着老人,满树的枝条都担心地揪扭成了一团。

第二天,老人果然唤来了四五个人。老人和这几个人回到村里。老人摘下一把猩红晶亮的大枣给这几个人吃。那是老人栽种的沙枣树上结的大枣。

老人说:"好吃吧?"

老人说:"不能白吃,你们得帮我栽树。吃一颗枣,栽一棵树。"

那些人看着沙梁上的树,说:"栽树栽树。我们都栽树。把五里柳的人都唤回来栽树。"

老树看见老人脸上狡黠的笑,一层一层地堆积。

老人悄悄地对老树说:"不急,他们会回来的。五里柳还是五里柳,你信吗?"

果然,更多的人来到了五里柳。人们栽树累了,就坐在老树下,望着槐抱柳说:"树老成精哩,有槐抱柳护佑着五里柳,五里柳就不会被黄沙埋了。"

老树说:"老人才是精哩,他是五里柳的精魂。"

老人"咯咯咯咯"地笑着,靠着老树的槽坐了下去。

老树看见老人慢慢慢慢地坐在了它的怀里。

老树用它糙糙的却温暖的"马槽"像抱柳树一样,抱住了老人。

水涧不能干

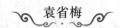

袁省梅

　　油锅说支就支起来了，火苗腾腾地舔着锅底，清亮亮的半锅油转眼也烧开了，冒着拳头大的泡泡，黄灿灿的，一朵挤着一朵，旋灭旋生，旋生旋灭，咕嘟咕嘟响。

　　油锅架在史家庄和张家堡中间的涧边一块空地，涧两边挤满了两个村子的人，东涧台上是史家庄的人，西涧台上是张家堡的人。人们张着干燥的起皮的嘴，挤在一起，慌乱地瞪着油锅。

　　史家庄和张家堡隔涧而望，涧里有一股从北山筛子崖流下的清泉，天旱天涝，泉水都不会断流。两个村子缺水，常为争这股水打得头破血流。眼下又是一个大旱年，入暑以来，三十五天没有下一滴雨，地里玉米苗宽宽的叶子都卷成了烟筒般，豆棵子也蔫了，花生蔓红薯蔓也都软软地趴到了地上，只有树上的知了精神头儿足，吱吱地没明没黑地嘶鸣。两个村子的人们都不想像以往那样，为争水打地往家抬死人。可怎么分这点儿水呢？谁都想多分一成。争来争去，两村的族长说得嘴上都起了水泡，才达成一致。

　　油锅捞铜钱！

　　十个铜钱，同时捞，捞几个分几成，一个不捞，一滴水也不能有。

　　两个村子的族长各悬赏一百个银圆，捞一个铜钱奖励十个银圆。史雷子要上去，没有奖励史雷子也会上去。

老娘嗷嗷地号哭着死死拽住雷子的后背："我的娃啊，油锅出来你还有手啊？"

雷子老爹眼睛瞪得比铜钱还要大，大声地呵斥雷子老娘："不争馒头争口气，别说一只手一条胳膊，就是搭上命，能挣来水，也值！"

史雷子不理会老爹，抓着老娘干枯的手拍拍，头也不回地走向油锅。

阳光如镘头般嘭嘭地敲打着每个人，两边的人静默着，担心和恐慌在眼里流淌。

史雷子站在油锅边，转脸向涧西的台子上找寻。史雷子看见了张家堡人群中的桑桑，史雷子的眼睛一下子比太阳还要亮，比油锅还要烫。史雷子的嘴角牵动着，微笑如油锅上的热气，带着香甜的气息，淌向桑桑。

张家堡的人不知道史雷子的笑是给桑桑的，他们都大骂史雷子："史雷子你张狂个屁，我们栓子肯定比你捞得多。"

张栓子代表张家堡捞铜钱。张栓子是桑桑的哥哥。桑桑听着人们的骂，不吭气，担心和惊恐如乌云般渐渐笼住了眼睛。

史雷子看着油锅，槽牙咬得咔吧咔吧响。

张栓子看看史雷子，恨恨的眼睛嘭嘭地冒着火花。

嗵嗵嗵，十个铜钱在阳光下一闪，就像鸟儿般扑向油锅。

人们唏嘘的声息还没缓过，史雷子的手嗵地插进了油锅，刺——一股淡淡的青烟缭绕开来，随即，肉糊的臭味直直地撞向每个人。人们心悸地瞪着眼等待。

阳光如炸裂的豆荚毕毕剥剥炸响在人们的头顶。

时光停止了。

倏地，史雷子的手从油锅里钻了出来。张栓子看着雷子吱吱地冒着气已焦黄的手，龇着牙，脸上的肌肉惊恐地哆嗦，汗珠子一嘟噜一嘟噜腾腾地流淌，身子像风中的树叶一样抖个不停。史雷子咬着槽牙，砰砰砰，十个铜钱带着长而白的哨音咕噜噜飞落地上。

史雷子老爹秃鹫般嘎嘎地笑，正要捡拾起地上的铜钱，雷子闪前一步，

捡起五枚,扔在张栓子的脚下,抬头看见满脸泪水的桑桑热切地望着他,史雷子的心甜得像灌了蜜糖,手上灼烧的疼痛也似乎减轻了许多。

族长恼火地看着史雷子:"你这是干啥啊!"

史雷子定定地说:"坏我一个人的手就行了,我不想瞅着还有人受罪。水是老天给大家伙儿的,不能只流给西边的地,也不能只往东边的地里流。咱们两村千年邻居,地挨地沟连沟,就不能坐下来好好商量分水吗?非得要这样流血丧命地闹腾吗?"

雷子说着,脸上痛苦地抽搐着,举着烫伤的手,说:"若再这样下去,老天也会断了水,咱这条水涧也会成干涧的!银圆,我一个也不要。用这些银子修两条水渠,史家庄一条,张家堡一条,我们分开日子浇灌,你们说好吗?"

人们哗哗地拍着手。

桑桑看着雷子,笑得满脸都是亮亮的泪珠子。

失乐园

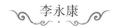

李永康

小黄第一次走到家门口不远处那棵大树前的时候,就情不自禁地从心底里发出一声感叹:"妈呀,这棵树真大!"

他小心翼翼地沿着树脚走,想寻找一处合适的地方爬到树身上去。

小黄是一只黄蚂蚁。自从小黄能够单独出门玩耍,妈妈就警告他,不要爬到家门前的那棵大树上去。他问妈妈:"为啥不能爬?"

妈妈没有告诉他原因,只说:"是你姥姥告诉我的。"

"那你一次都没有爬过吗?"

妈妈摇摇头,又点点头,不吭声了。

和所有蚂蚁小时候一样,小黄贪玩好奇,有逆反心理。妈妈越不让他去的地方他偏要去。小黄想亲身体验一下爬树的感觉。

小黄走了好长时间也没有找到合适的入口,越走还越怕。他不知道树有多大,沿着树脚走会不会迷失方向,找不到回家的路。第一次,他放弃了。

一天下午,他又出来玩,在树脚处看见一只死去的苍蝇,便扑上去咬着用力往家的方向拖。苍蝇动了一下。他非常高兴,更加用力。哪知道,苍蝇是在往与他相反的方向走。他仔细一瞧,原来是只黑蚂蚁在往另一个方向拖。他知道那是邻居家的黑姑娘,但不知道她有这么大的力气。

他停下来对黑姑娘说:"是我先瞧见的,你为啥要和我争?"

黑姑娘松开嘴回答:"是我先看见的。"

小黄糊涂了,他当时发现食物的时候眼睛也没有看别的,一下子就冲了上去。

小黄说:"我有个建议,如果你有胆量和我爬到树上去,我就不和你争这只苍蝇。"

黑姑娘说:"说话算话,不能反悔。"

小黄用触须碰了一下黑姑娘的触须说:"反悔不得好死。"

黑姑娘扔下苍蝇,和小黄同时扑到树身上慢慢往上爬。

树的表皮坑坑洼洼,黑姑娘在小黄的眼中一会儿消失、一会儿又冒出来。小黄看到黑姑娘爬树的身姿很是敏捷矫健,产生了超越她的冲动,便加快步伐。小黄冲到前面后,歪着头看黑姑娘。黑姑娘的头很美,眼睛也水汪汪的。

黑姑娘知道小黄在盯她,转动几下头上的辫子,故意回头向身后看几眼才往上爬。她传递给小黄的信息是:"你是不是在看我们爬了多高?"

小黄有点生气,自己往上爬,不理黑姑娘了。待他爬到一个"V"字形的地方,黑姑娘早已等在那里。再往上该走哪边呢。小黄和黑姑娘争论了很久,你不让我,我也不让你。他们就停在那里看远处的风景:山脚下面是村庄,村庄伸出一条宽阔的马路,马路尽头有隐隐约约的高楼。

小黄觉得爬树没有啥嘛,为啥妈妈就不要他上树呢。他问黑姑娘:"你妈妈是不是不让你来爬树?"

黑姑娘说:"是。"

小黄问:"你妈妈告诉过你原因吗?"

黑姑娘说:"是妈妈的妈妈告诉她的。"

小黄说:"那你今后有儿子就不要告诉他不能爬树了。"

黑姑娘满含羞涩地说:"妈妈说的总有她的道理。"

天慢慢暗下来,鸟儿也说着话往树上飞。风和树叶的交谈是最动情的,连树身也被感染得轻轻摇动起来。

小黄说:"就在树上住一夜多好啊。"

黑姑娘说:"我们还是回家吧,不然妈妈会着急的。"

小黄约黑姑娘:"那我们明天早点来爬树玩。"

黑姑娘说:"好。"

他们往树下走的途中,看到好多蚂蚁也在往树下走。突然,小黄发现妈妈和爸爸也在他们的不远处往树下走。小黄赶紧躲到一个凹槽里。过了好一会儿,他探头瞧了瞧,看不见爸爸妈妈的身影了,才去追黑姑娘。一直到树下,他才追上。黑姑娘却在那里哭,说他们发现的食物没有了。

小黄说:"没有就算了,我们现在又没有寻找食物的任务。"

黑姑娘说:"都是你害的,你不说到树上去玩,我拖着找到的食物回去,爸爸妈妈该有多高兴啊,明天我不陪你上树玩了。"

小黄许愿说:"你明天陪我到树上玩,我会给你一个礼物的。"

黑姑娘说:"一言为定。"

第二天黑姑娘还是失约了。小黄一直等到太阳升得老高了,才闷闷不乐地往树上爬。小黄一边爬一边甜蜜地想,自己是不是喜欢上黑姑娘了。

小黄一边爬一边回头往树下看,他多么希望黑姑娘的身影这会儿出现在身后啊。

逆着光来了两个庞然大物,小黄面前突然暗下来,他感觉有点凉。

其中一个庞然大物拍着树说:"这是这山上唯一的一棵大树,起码有三百年了。"

另一个庞然大物轻描淡写地说:"我前几次在别的地方还挖过上千年的树呢。"

一个问:"这树在城市里能生活得习惯吗?"

一个回答:"这树长在这偏僻的地方没有人欣赏才最寂寞呢,到城市里会成为靓丽的风景。"

问话者继续问:"我儿子就住在城里,他能看到吗?"

回答的继续回答:"城市里到处都是风景,不然会吸引他留下来?"

问话的终于下定决心："那就挖吧。"

回答的宽慰道："我是最公道的，没有人肯出这个价钱了。"

…………

小黄知道大事不好，他想赶快找到爸爸妈妈，把这个消息告诉他们，叫他们不要再上树了，这棵树就要去远方。小黄麻利地溜下树回到家，爸爸妈妈却不在。他想他们一定是出去运食物了，急急忙忙地四处寻找。

该去的地方都去了，还是没有找到。小黄更着急了，他知道爸爸和妈妈一定又在树上。小黄匆匆忙忙爬到树的一个高处，果然看见爸爸和妈妈以及更多的同类站在另一个高处往远处眺望。树枝上缀满像果子一样的鸟儿，也在往远处看。

小黄不知道他们在看啥。小黄刚想喊，树身便剧烈地晃动起来。小黄紧紧贴在树身上慢慢往一个小缝隙里钻，更大的震动让他晕了过去。

鹰与人

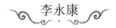
李永康

　　一只鹰在天空盘旋着,眼睛似两束强光射向地面,山坳里便活了起来。

　　野兔钻到荆棘丛中,张着耳朵一动不动。一只芦花鸡啊呀啊呀惊诧地叫着往屋里飞跑,引得别的公鸡母鸡叫声四起。狗也狂吠起来。

　　就听见有人喊:"老鹰来了! 老鹰来了!"

　　没有人应和。

　　鹰便往高处飞,一会儿就不见了踪影。热闹的山坳这才平静下来。可是,鹰不知从哪里越过树林俯冲下来,等对手发现时,鹰已经成功地将猎物抓住,腾空而起。这是老鹰岩村经年上演的一幕。

　　老鹰岩村三面环山,散落着十几户人家。山上长满各种树,有阔叶树,有针叶树;有光开花不结果的,也有不开花却能结果的;有春天发芽冬天叶子掉光的,也有一年四季常青。山上有各种鸟,有鹰,就是不见岩石。这里为何取名老鹰岩,没有人知道;老鹰岩是什么时候开始叫响的,也没有人能说得清楚。

　　有一年,六岁的林二苟在家门前玩耍,隔壁大叔家的一只母鸡带着十几只小鸡围着他不走,原来是林二苟在用木棒给它们撬蚯蚓。每撬一条,母鸡就先叼着甩几下,用喉音亲昵地呼唤,小鸡们就应声跑过来争着撕咬。鹰俯冲下来的时候,林二苟抬头发现了,便张开手臂迎上去阻挡。鹰尖利的爪子在他的脸上一阵猛抓。林二苟乱舞一阵,扯掉了鹰几根羽毛。老鹰逃走了,小鸡钻在母鸡的翅膀下躲藏了起来。林二苟这才坐在地上捂住眼睛号啕大哭。

林二苟的奶奶跑出门来一个劲儿地问:"乖孙,你是咋了?"

等看清孙子捂住半边脸的手缝都是血,她才猛地一阵呐喊。先跑出来的几个人把林二苟背的背、扶的扶,往山坳外面的乡镇医院送。林二苟的眼球被刺破了,医生也没有办法,林二苟成了独眼。

老鹰岩村有好几位失去一只眼睛的成年人,都是小时候被老鹰抓瞎的。老鹰岩村的人说,这些人前世和鹰有缘。他们从不因此而伤害鹰。小孩子正在成长的时候,老人们就给他们讲鹰是如何展翅高飞在天空,又是如何在四十岁爪子老化无法抓住猎物、翅膀沉重难以飞高的情况下,经历艰难的蜕变重生而活到七十岁的故事。他们还告诫小孩子们,鹰打来也无用,它主食蛇啊兔啊死猫死狗啊,偶尔抓住一只鸡,连肠肠肚肚都吃尽,所以它的肉是酸的。老鹰岩村人有很多朴素的道理,比如教小孩子不要折花,说折下的花若不小心碰到鼻子,人就会变成塌鼻子,脸就变形不好看;叫小孩子不要逮鸟捉蝴蝶,说是逮了以后,读书写字手要颤抖,就读不好书而难以成就功名。小孩子们听了这些,也变得规规矩矩,成了大人后也讲给自己的孩子听。

2008年5月12日14时20分,老鹰岩村的上空突然黑压压一片,近百只鹰尖叫着忽高忽低转着圈。有人看见了,便大声呐喊:"老鹰来了! 老鹰来了!"

有人往天空一看,也惊呼着应和:"老鹰来了! 老鹰来了!"

正在屋里摆龙门阵或是躺在床上午休的人,被众人的呐喊声叫出了门。几分钟过后,树木唰唰晃动,大地剧烈摇摆,人也站立不稳,刚才还好好的房屋轰隆轰隆地垮了,扬起一阵冲天的尘土。在这场百年不遇的"5·12"汶川特大地震中,老鹰岩村的房子全部倒塌了,但没有死伤一个人。灾后重建工作结束后,村民在村头立了一座碑,碑上刻了一只展翅的鹰。外地参观的人来到碑前,听了地震中鹰救人的故事,都感到老鹰岩村越发神秘,对大自然

也多了一分敬畏。

　　鹰知不知道人为它树碑呢？望着时不时地在天空盘旋的鹰，五十多岁的林二苟时常充满疑惑地立在碑前琢磨。他知道没有人能回答这个问题，也就从来没有问过旁人。日子还是和往常一样该咋过咋过。

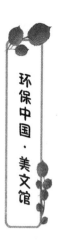

鳖殇

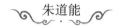
朱道能

　　乡间有句谚语:"滑不过黄鳝精不过鳖。"可有个叫老憨的人,却偏偏是鳖的克星。

　　老憨捉鳖很独特,到了一池方塘,先拿眼巡视一周,有鳖无鳖便了然于胸。瞅准了,就扛起"扣盆",下到塘中。这扣盆用木板箍成,形如脸盆,深似水桶,中间置有一柄。老憨在水中立定后,先在掌心吐口唾沫,然后一搓,便把扣盆高高抡起,呼啸着扣在水面:嗵!这极具穿透力的一声闷响,在天性胆小喜静的鳖听来,无疑就是一声霹雳。于是,惶恐之下,那鳖便拼命地往淤泥里钻去。这一钻,一串串气泡就咕嘟嘟地翻腾到水面。老憨一见,便水蛇般地游过去,把手中的鱼叉往气泡下一叉,然后一个猛子扎下去,在鱼叉四周的淤泥里,拿手一摸,一抠,一只四爪乱弹的老鳖,便成了老憨的囊中之物。

　　靠着这手捉鳖绝活儿,没爹没妈的老憨,日子照样过得有滋有味。二十八岁那年,老憨还亮了更绝的一手,竟然拿两只鳖换回一个媳妇来。

　　那天,老憨去了几十里外的山村捉鳖,远远地看见了一口大塘,没等他走过去,就听见扑通一声。老憨还以为有人洗澡哩,可一走近,水面看不到人,只有一缕长发隐约可见。老憨慌了神,把工具一扔,就跳了下去……

　　老憨把姑娘送到家后,才从她母亲口中得知,姑娘打小就体弱多病,上

不得田下不得地。嫂子来家后,就对着她比鸡骂狗,翻白眼珠子。姑娘实在怄不过这口气,就想一死了之。老憨听了,把笆篓里的两只鳖往地上一倒说:"留给你女儿补补身子吧……"

就是这两只鳖,一下子打动了娘儿俩的心。

结婚那天,村里人打趣道:"你老憨'鳖'了这么多年,从今儿起,就不用再'憨'了。"

看着弱不禁风的媳妇,老憨就想,三十年的老鳖百年的参,这都是养人的好东西,给媳妇多补补,一定错不了。老憨先拿几年的嫩鳖给媳妇温补。过了一段,再拿五年以上的成年鳖滋补。最后,就拿上十年老鳖大补。经过老憨这一番调理,原本干皮巴拉的病婆娘,几年下来,便滋润成丰腴水灵的俏娘儿们了。一村的男人,眼睛瞅着,心里像有鳖爪在挠。

媳妇的病好了,可老憨却添了块心病:这年头,田都没人种了,水塘自然无人管理,堤垮了,水干了,鳖就成了没娘的娃。再加上水里土里,到处残留着农药,对生性娇气的鳖更是雪上加霜。这鳖越来越少,可吃鳖的人却越来越多,鳖价自然是一路疯涨。于是,便有人拿着一瓶"鳖扫光",见水就往里面倒。不消一个时辰,那鳖的祖宗八代,便全都漂上来集合了……

这一来,老憨这个捉鳖大王不得不背起行李,远走他乡去打工。也许是前世与鳖有缘,一个偶然的机会,老憨进了一家养鳖场。到了这里,老憨才知道什么叫人外有人,自己的捉鳖手艺算个啥,人家这养鳖技术才叫一个绝:酒盅大的鳖仔,饲料一喂,就像吹气球似的,一天一个样……老憨虽然没上过学,却有鳖样的灵性。很快,他就掌握了全套的养鳖技术,然后,行李一背,兴冲冲地回了家。没过几年,老憨就发了,盖起了楼房,开上了小车。曾经的捉鳖大王,又成了响当当的养鳖大王了。看着给自己带来好运的老鳖,老憨都想喊它一声"老爹"了。

不过,有人喊老憨"老爹"却是真的。结婚以后,媳妇模样天天变,可肚皮却一直没有变。直到养鳖发财那年,一下子双喜临门。于是,那池中的宝贝鳖,便成了宝贝女儿的最佳营养品了:红烧鳖、清蒸鳖、清炖鳖……望着女

儿的模样,老憨别提多高兴了。你看那手,那腿,胖乎乎的,藕节似的,就像年画中的娃娃一般,看着就喜气。

渐渐,当妈的发现,自家的女儿吃好的喝好的,咋还比村里同龄孩子矮一截呢?

老憨说:"没事,咱俩人都长腿长胳膊的,孩子长个儿还不是早晚的事?"

一天,当妈的给女儿洗澡时,突然发现六岁的孩子,胸脯竟然鼓了起来。

老憨愣了一下,想了想,又笑了:"这说明咱家孩子营养好啊。"

可接下来发生的事,让老憨再也坐不住了。七岁的女儿竟然见红了,把裤子都洇了一大片。

夫妻俩带着女儿,开车直奔省城。

医生检查后,皱着眉头问:"你们给孩子吃了什么药?"

老憨大惊:"我的孩子健康着哩,没吃啥药啊?"

问着问着,医生一拍桌子,厉声道:"还说没有,给孩子吃那么多甲鱼,不等于给她吃药吗?"

夫妻俩面面相觑:"啥?你说啥?!"

医生也愣住了:"你们养甲鱼,难道不知道饲料含有啥成分?"

老憨还在迷糊:"俺没啥文化,只晓得喂鳖长得快。可俺给孩子吃的是鳖,又不是饲料。"

医生叹口气,说:"现在的速成饲料中,都含有各种激素。你的孩子摄入了甲鱼中残留的激素后,就造成了现在的发育异常。这种病的后果是,发育提前成熟,骨骺提前闭合。严重的,还会影响智力发育,以及其他无法预知的后果……"

老憨撕扯着头发,半天才号了一声:"王八蛋啊……"

听说老憨从省城回来了,马上有人登门要货。可"鳖"字刚出口,老憨就一脸杀气地吼道:"滚!"

那模样,就像只红了眼的鳖,逮谁都想咬一口。

风景树

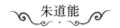

朱道能

当二货提着两瓶好酒去看几年没有来往的幺爷时，一村人把脖子抻得像大白鹅似的。

"砰——砰！"幺爷院里突然传来两声玻璃的爆响。

不一会儿，二货跑出门，脸紫得像茄子："你个老东西，就跟树过一辈子吧！"

一村人都明白，爷儿俩一定是为卖银杏树的事杠上了。

据幺爷讲，这棵银杏树是他爷爷的爷爷的爷爷……栽下的。光听听"银杏村"这个名字，就知道它早已是全村人的风景了。

夏日，银杏树郁郁葱葱的树冠，犹如一把绿色大伞，撑起一片阴凉。全村老少，便惬意地坐在树下，大人们随意闲聊，小儿则绕树嬉戏。热了，就捡一片扇形银杏叶，摇出几分爽意。

待到深秋，树下便是一地金黄。村人就捡拾回去，再找幺爷要些白果一并收藏着，当药引，治杂病。有人去谢幺爷，他一摆手："都是托先人的福哩！"

眼下有人出高价，要买幺爷这棵银杏树。谁呢？就是村主任大军。

大军原本在城里当老板，后被上级招贤回乡，当了村主任。

一上任，他就引进了一个致富项目：卖"风景树"。

所谓"风景树",就是漫山遍野的松树、柏树、杉树什么的,只要连根刨起,缠上草绳,运到城里一栽,就变成城里人的风景了。

一时间,寂静的山林里,野鸡惊飞,山兔乱窜。

再聚到银杏树下,村人的话题便出奇的一致:谁谁又卖了多少棵树,谁谁又挣了多少钱……正说得热闹,一直闷坐一旁的幺爷,冷不丁冒出一句:"一群败家子!"

村人面面相觑,然后讪着脸,散去了。

银杏树下,便陡然冷清了许多。

大军却常来,尽管说上十句,幺爷也难"嗯"上一声。

一天,大军神秘地压低声音:"有人想买银杏树,给你出这个价——"他张开巴掌,五个手指伸得直直的。

幺爷吧嗒着抽烟,望着地。

"五千,五千啊!我的幺爷!"大军把手掌伸到幺爷脸前。

幺爷吧嗒着抽烟,又去看天。

"这样吧,再加一千……"

幺爷站起身。

"七千,七千怎么样?不能再高了!"

幺爷终于开口了:"先回家问你爹,看你有没有祖宗。再去问你娘,看你是吃奶长大的,还是吃屎长大的!"

大军狠狠地朝银杏树踹去,旋即又龇牙咧嘴地抱脚乱跳。

这事让二货老婆知道了,后脚就赶到大军家里。讲好一万元的价钱后,她一个电话,把在外打工的二货连夜叫了回来……

这一天,幺爷正坐在树下打瞌睡,大军来了:"我代表村委会正式通知你,咱们村最近招商引资了一家化工厂,需要拓宽进村公路——这棵银杏树在规划线上,要限期移走,否则将采取强制措施……"

幺爷"嚯"地站起身:"你敢——"

"哼哼,现在招商引资是头等大事,天王老子也要为它让道!"

没几天，施工队果真开进山来。

看着热火朝天的施工场面，一村人热血沸腾，就连蹲在茅坑上也不忘拿根树枝，在地上划拉着化工厂征田补偿款的数目。至于幺爷有多少天没出院门了，自然是无人理会。

等再出门时，一向硬朗的幺爷，竟然挂起了拐杖。他锁上大门，颤巍巍地出了村子。

几天后，幺爷回来了。

再过几天，幺爷又走了。

当公路一步步向银杏树逼近时，幺爷回来了，身后还多了几个陌生人。

他们径直来到银杏树下，又是测量，又是拍照，一脸的兴奋。

村人先是疑惑地张望，恍然后便一下子围过来："哈，幺爷要卖银杏树了！"

二货老婆把麻将一推，反穿着鞋跑过来，嘴里直嚷："卖多少钱？卖多少钱啊？"

来人笑了："多少钱？无价之宝！我们是文物局的，专门来登记保护这棵活化石的……"

气喘吁吁赶来的大军，张着嘴巴，半天没缓过一口气来。

幺爷走的时候，正是深秋。

那天，二货老婆去幺爷门前找小鸡时，感到有点不对劲：因为化工厂刺鼻的怪味，幺爷整天都咳嗽不止，今天怎么变哑巴了？

她嘴里"咕咕"地唤着，使劲推开院门，接着便蜂蛰般尖叫起来……

当人们手忙脚乱地去抬蜷缩在院里的幺爷时，二货老婆闪进了幺爷的卧室。一掀枕头，眼睛便唰的一下亮了——下面有一沓长长短短的票子。再一看，还有一张字条："钱都留给你们，只求办一件事，死后把我这把老骨头烧了，骨灰就撒在银杏树下……"

安葬骨灰的那天，来了许多人，有领导，有记者。因为幺爷是全县第一个自愿火化并树葬的农民。

银杏树下，面对着镜头，大军侃侃而谈，谈在自己的带领下，银杏取得了物质文明和精神文明双丰收，涌现出了田有根（幺爷的大名）这样的村民典型……最后，领导把装有奖金的红包，递给死者家属。就在二货还在发愣的当儿，二货老婆从后面伸手抢过来，捏了捏，嘴角不由往上一翘。当发现镜头正在对准自己时，便用手捂着脸，大声悲号："我的亲爹啊，您咋舍得抛下我们走了啊……"

树葬的小坑挖好了，装骨灰的布包缓缓打开。大军抢在镜头前捧起一把骨灰，边撒边念叨："幺爷啊，咱银杏的日子会越来越好的，您老就安心地去吧……"

"噼噼啪啪……"为幺爷送行的爆竹，在银杏树下，骤然响起。一树的银杏叶，簌簌而下，如同漫天的纸钱，飘落在幺爷的骨灰上，一片金黄……

木林森的木

朱道能

　　木林森出生时,略懂命理的瞎子大爷,一掐手指道:"这娃虽然姓氏为木,却五行缺木。树多林茂,木多命旺,就叫木林森吧。"

　　可让父母闹心的是,他上学后,真的像个木疙瘩一样,勉强念完初中,死活不愿再挨老师的粉笔头了。

　　父母没辙了,就想:既然命中缺木,就干脆让娃去学个木匠,好歹混碗饭吃吧。

　　没想到,这木林森一摸木头,脑瓜儿一下子就活泛起来。没出几年工夫,就成了斧斧生威的土木匠了。

　　可干着干着,木林森又不满足了:蛤蟆就是叫得震天响,也是只塘里的蛤蟆,没劲!于是,他把家什往墙角一扔,就出门闯荡了。到了外面,木林森才发现,海虽然比塘大,但未必就适合蛤蟆扑腾。电子厂、塑料厂、皮鞋厂,他转了一大圈,最后还是在一家菌种厂扎下了根——他突然有点佩服瞎子大爷了,这家菌种厂,专门提供木耳、香菇的菌种。而生长这些菌类的原材料,正是树木,木林森的木。

　　在这家菌种厂如鱼得水干了几年后,木林森不但精通了菌种的培育工艺,而且还掌握了各类菌类的栽培技术。他很快就从员工中脱颖而出,升任为技术主管。

　　这一年,木林森回家探亲。当他的目光落到漫山遍野的树林时,突然灵光一现:对呀,家乡不乏树木,自己又不乏技术,何不回乡自己当老板呢? 说干就干,他请人把自留山的树木伐下,截成两米左右的短棒。晾晒半干后,就开始凿眼下种了。麻栎树专种白木耳,其他杂树则分种香菇和黑木耳。当菌丝中冒出花生米大的芽孢时,木林森就把棒移进温棚内,开始菌类的后期培育了:浇水,消毒,调温……

　　这期间,一村人都过来看热闹。这烧火的木棒儿,凿个小眼,塞点锯末,就能长出这耳那耳来? 嗬! 可瞅着瞅着,大伙儿的眼睛就像青蛙一样鼓起来了:乖乖,那啥啥耳,先是真的耳朵大小,可水一浇,一天一个样儿,吧嗒几口烟的工夫,就长成碗口大小,花似的,开满了一树。更让人惊奇的是,那啥啥耳割了一茬,又冒一茬,就像地里的韭菜一样。

　　当木林森把晒干的耳子换回一沓沓的票子时,一村人都眼馋了,心动了。于是,木林森趁机宣布:"明年'木林森菌种厂'正式开张了,本人将提供一条龙的技术服务,带领大家共同发家致富。"

　　此言一出,立即就传遍了十里八乡。一到冬季,家家都磨刀霍霍,一窝蜂地涌上山去。一时间,寂静的山林,山兔窜,野鸡飞。一排排树木应声倒下,一根根木棒门前堆起。

　　第二年开春,木林森的菌种,一抢而空。

　　等到秋后一算账,大伙儿的笑脸就像木耳一样,朵朵盛开:"啧啧,这哪是木棒棒呀,简直是'金箍棒'嘛!"

　　很快,木林森就被当地政府树立为劳动致富的典型,并把他的栽培技术列为小康项目,广为宣传,大力推广。一时间,便有了"要想奔小康,上山砍棒棒""要念发财经,去找木林森"的流行语——借力这股东风,木林森的生产规模迅速壮大起来,原有的招牌也换成了"木林森产业开发有限公司"。

　　可让木林森想不到的是,公司规模不断扩大,可菌种的销量却是逐年递减。经过一番调查分析,他很快就找出了问题的症结:长木耳的原材,短者一年,长者两年,就需要更换一次;而山上的树木,却需要十年八年方能长

成。猪儿抢猫食,自然是两头都挨饿——望着一座座光秃秃的大山,木林森陷入了沉思之中。

这年夏天,雨水出奇多,破了天似的。因过度潮湿而衍生的霉菌,让种植户防不胜防,损失惨重。木林森想尽各种办法,却依然收效不大。就在他心急火燎的时候,一个个的求助电话,又让他的心一下子凉到了脚板心。

原来,种植户为了方便起见,大多数温棚都是依山而建,可以室外生长香菇、黑木耳之类,同样是散放在山坡野地里。而连日的大雨,一下子引起了泥石流的爆发。一夜之间,木棒冲走了,温棚掩埋了……

有人从烂泥中刨出木棒后,哭着给木林森打电话,问还有什么补救措施没有。

他一听,便脱口而出:"完了,彻底完了!"

只有他最清楚,菌种一旦受到污染,就连老天爷也干瞪眼……

这一天,木林森正坐在办公室来里发呆,瞎子大爷敲着竹竿走了进来。他说:"娃啊,大爷我虽然不懂生财之道,但却懂点人生命理。这万物和人啦,其实都是一个理儿,讲究的是顺生逆克。若顺着来,木生火,火生土,土生金。若反着干呢,就是金克木,木克土,土克水。木不在,土就流走。土一流走,木就难生——你再琢磨琢磨,看是这个理不?"

这一晚,木林森办公室的灯光亮了整整一宿。

几天后,人们发现木林森公司的大门锁上了,招牌也被摘了下来。

临走前,木林森留下了一句话:"在哪里跌倒,我还会在哪里爬起来的!"

果然,过了两年,木林森又回来了。随即,一个崭新的大招牌,又高高地悬挂了起来。上书:木林森生态果木示范基地。

树　殇

葛取兵

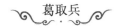

　　云雾冲村口的那株樟树,有多长时间了? 村里九十岁高龄的安爹说,他小时候几个小娃崽儿扯开双手都拢不住哟。

　　安爹对樟树是情有独钟。

　　安爹说,其实村后的山上老樟树多的是,青葱一片。这时,安爹浑浊的眼里满是翠绿,茵茵的,喜煞人哩。

　　可村人都笑,不就是村口这一株,山上哪有哩? 这安爹莫不是老糊涂了?

　　安爹摇摇头,叹息。

　　在安爹的心里,那不止是一片生机勃勃的樟树,还有村里几百号生机勃勃的人哩!

　　那时安爹正是二十来岁的青皮后生仔,村人都叫他安仔,一身牛劲,连两头青牯都奈何不了他。

　　安仔最喜欢村后山,一株樟树就是一柄撑开的大伞,风来挡风,雨来遮雨,成了后生妹子的相思林。

　　安爹就是在这片林子把村里最水灵的秀妹放倒的,后来她成了他的新娘。

　　想那片林子,安爹的眼里陡现出晶亮亮的光,村子多美呀。安爹的心里

就翻腾着秀妹俊美的脸蛋、清澈如水的眼光,而更让安爹热血沸腾的是秀妹细细的腰身、翘翘的奶子。

可现在一切都消失得无影无踪了,不仅仅是时光。

那年村里搞什么大炼钢铁,家里锅呀刀呀的都全部扔进了村口晒场上燃烧的土炉。那水桶粗的樟树一株株砍下来,扔进了熊熊的火焰中。村子里烟雾缭绕,弥漫着呛人的气味。

而人群中最为活跃的是安仔年轻的身影。

安仔的爷爷已是九十高龄了,看着成片成片树林成了灰烬,拄着拐棍,叹息道:"造孽呀,造孽呀,这可是要遭报应的哟。"

安仔听了,心里就烦,背后嘀咕道:"这老不死的。"

不消数月,后山像削发为僧的和尚头,寂寂地望着云雾冲。

安仔的眼光又瞄准村口的老樟树,咽了咽喉咙中的唾液,挥起刀斧,向老樟树砍去。

安仔的爷爷拄着拐杖,立在老樟树前,气得下巴的白须乱颤:"砍吧,砍吧,先把咱老骨头砍了。"

刀斧在空中画了半个弧形,终于打住,又重重地落在地下,把安仔的脚趾砸得鲜血直流。

樟树精神抖擞地立在村口,像一支孤独的剑。

…… ……

刚入夏,天像破了似的,雨哗哗啦啦地下个不停,又是风,又是雷,就像一只发情的公牛。

村口的小河早就膨胀成汹涌的龙。

安仔的爷爷说:"只怕是遭报应。"

雨一下就两天两夜。第二天晚上,安爷怎么也不能入眠,心里隐隐感觉到不安,他在村子里喊,快上后山,快上后山。可村人怎么也走不出甜美的睡梦,因好奇跑出来了几个后生妹子,刚跑到村口,只听轰隆一声,后山下来了汹涌的洪水,直扑村庄。

"不好,泥石流。"安仔喊。

前有汹涌的河流,后是汹涌的泥石流,往哪里跑。

"上树!"闪电中,安仔看到了巍立的老樟树。

天亮了,村子不见了,几个爬在树上的后生妹子,看到的是一片浑黄的泥土,那个曾经温暖的家就静静地掩埋在那片泥土中。

村口的老樟树救了云雾村。

如今,一想到那个夜晚,安爹的心就怦然乱跳。

老樟树成了云雾村的魂呢,在老樟树对面的后山,如今又是葱郁一片,尽管那只是一株株碗口粗的树苗。

山上有棵大树

欧阳明

大树在山上,偏远乡下的山上。大树很大,要五个人手拉手才能围住。

树大招风。大树不怕风,怕孤独,因为身边所有的树都被移到城里去了。为什么大树没被移走? 不知道,但绝不因为它是保护树种。

山上的人都进城去了。其他树一走,鸟也很少来了,鸟喜欢林子密匝的地方,也去了城里,为都市人歌唱生活。

大树的孤独,就像一个老人的妻子儿女亲戚朋友都离开后,只身一人的那种孤独。

大树问风:"那些进城的树怎么样了?"

风说:"很风光,病了有人给他们'输液',枝条长了、乱了,有人给他们修剪,渴了有人给他们灌水,脏了有人给他们冲洗,比人过得还好。"

"真的吗?"大树半信半疑。

"你去看看就知道了。"风说。

大树很羡慕那些树,心想:"啥时能进城就好了,可惜我没那福分,唉——"

大树心里又平添了些悲哀。

依然有挑选树木的人到山里来,从大树身边经过。

很多次,大树都想对他们说:"把我移进城吧。"

但话到嘴边，又吞了回去。人活一张脸，树活一张皮，皮就是大树的脸，大树放不下那张皮。

看到一车又一车的树被拉向城里，大树黯然神伤。

孤独像虫子，不断地咬啮着大树的意志。大树甚至希望来一次飓风，将自己连根拔起，或遭一次毁灭性的雷击，把自己烧成灰烬，好让自己从孤独悲哀中解脱出来。

但大树太大了，风折不断，雷击不倒。它只有一如既往地遭受折磨。

但不久，大树遇到了贵人。那天，山里又来了几个人。

"这棵树形状如此奇特，为啥没移？"走在前面的人问。

"太大了，成本太高。"旁边一个人说。

"好东西不要怕花成本！"

"好，我们立即落实！"

大树闻言，彻夜难眠。想象着进城后很多人都会围在脚下，仰视、赞美自己，它心花怒放。

第二天，移树的人就来了。他们先剪去了大树旁逸斜出的所有枝叶，接着在它脚下四周挖了很深的沟，然后彻底斩断了它和大地紧紧相连的根须，再用吊车把它从地里拔起，小心翼翼地放置到十几米长的车厢里。

在斩断根须和削去所有枝叶的时候，大树有一种断手断脚的疼痛，但一想到马上就要来到的荣光，它疼并快乐着。

躺在车厢里，大树不停地在心里歌唱。一路上，往城里运送树木的车很多，那些树也在歌唱。

安置大树的窝早就挖好了，一人多深，直径丈许，很气派。位置也很好，在城市中心广场，是城市最繁华最热闹的地方，寸土寸金。被移栽到这里的树，叫景观树，比那些在道路两旁的树要名贵得多。

当大树被竖立起来的时候，它仔细环顾四周，但没看到自己身边被移植过来的树们。

就它们那熊样，自然没资格移栽到如此耀眼的位置。大树不禁有些得

意起来。

大树被移走后,山上不再有树了,到处是坑,像伤疤。山也一下子就失去了高度,显得更加荒凉。

城里的人们围着大树赞不绝口。

"好大哟,树龄几百年了吧?"

"好高哟,感觉是一种精神的象征!"

许多人还把红布条挂在大树的身上,祈求保佑。

大树感到自己就是城市的主宰,是城里人的主宰,彻底忘记了过去藏在深山无人问津的心酸。

广场商贸繁荣,白天,吆喝声、叫卖声此起彼伏,震耳欲聋。夜里,无数的小吃摊,把广场弄得乌烟瘴气,满地狼藉。甚至有人还对着大树撒尿。

开始,大树并不在意。后来,有了抱怨。接下来,就忍无可忍了。

"他们咋就不珍惜自己打造的风景呢?"大树问身边的同伴。

同伴们无奈一笑,说:"他们说,树就是拿来吸收废气和消减噪音的。来这里的树,命不大的,一来,就死了;命大的,就算没死,也没好日子过。"

"是吗?"大树很费解。

抬头,才发现,比起周围的高楼,自己很矮很小,大树就觉得有些淡淡的失落。

"也许将来会好的!"大树没有绝望。

第二年春天,大树终于发芽了,它期待着人们看到自己枝繁叶茂时的惊奇和赞叹。但出乎意料的是,不久,广场所有的树都被移植到了城市边缘的一块空地。那里除了被移植过去的树外,什么也没有,有的只是寂寞。

原来,人们觉得广场用来植树太浪费了,决定在此修建商场和住房。

春天还没结束,被移植过去的树就开始渐渐死亡。直到死亡,也没人来为它们"输液"、浇水、清洗和修剪过。

死亡的那一刻,大树发出了一声撕心裂肺的叫喊。但没人听见它的叫喊,更不会知道它喊的什么。当然,就算是听到了,也绝不会当回事儿,人们还有很多重要的事要做呢!

跳芭蕾的斧头

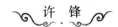

许 锋

　　我哥是绿化所的所长,工作有两项,或者种树,或者挪树。前者时间长,十年树木百年树人嘛;后者见效快,只要你愿意,三亚的椰子树也能挪到北方去——死活就难说了,那是另一个层面的事儿。

　　都说人挪活,树挪死——是俗语吧。俗语自然不一定是真理。其实很多城市里的树都是挪来的,也长得枝繁叶茂,楚楚动人,一点看不出水土不服的样子。这样的城市很多,就不举例了。我却觉得挪树和给人植皮差不多,都是拆东墙补西墙,最终的效果是看成活了没有。这可不简单。

　　我哥刚进绿化所时,说过这么一句话:"干绿化的,就怕挪了树却没挪活,死了。"

　　我说:"绿化所该种树才对。"

　　我哥又说了:"挪树立竿见影,一夜之间,就可以让整个街道整个城市整个荒山绿意盎然起来,想想,那多么宏伟! 领导多么有政绩!"

　　这不,又有了树源,是一家单位院里的,在仓库旁边,仓库要加固加高,树就碍事了,砍树利落却有点可惜。那是四棵大柳树,搞不清树龄,但腰身已经如中年男人的腰围了。

　　那家单位领导打电话给我哥:"要不要树?"

　　"只要价钱合适,四棵全要,城里需要'植皮'的地方太多了。"我哥急忙

赶去看,乐了,这么好的树真不容易找,问:"多少钱卖?"

领导说:"你看着给吧。"

我哥说:"那就一棵五百,总共两千——我还得雇人挖,还得雇车拉走,完了还得栽,所里经费有限。"

那领导爽快,一摆手:"挖吧。"

论挖树,我哥早成行家了。前三棵树都挖得很顺利,最后一棵遇到点麻烦。几棵树年岁相仿,但最后这一棵的根部却和前三棵有明显不同,呈血红色。柳树的根都是褐色的,血红色的根,我哥是头一次见到,挖树的工人们也是头一次见到——宛如人的血管,有粗有细,疏密相间,错综复杂,"血管"分明还是透明的,却不空洞,好似有什么汁液在缓慢地流淌。

一个工人举起的斧子滞留在半空,问我哥:"这是树精吧?"

我哥心里咯噔一下,但他是干部,不能带头讲迷信。

我哥说:"这棵树的根大,大家往四周再扩展两米,尽量不要伤了根。"

挪树要确保主根不受伤害,主根就如人的中枢神经,伤了它,或断了它,伤了元气,就没救了;树皮也担负着向树枝输送养料的作用,若是树皮破了大口子,或者受到严重的伤害,营养供应不上,枝干断了养分,树也活不成。

在我哥的精心指挥下,那四棵树被连根拔了,连根运走,又连根栽到城南半山上,没出什么岔子。城南半山是从省城到县城的必经之路,远远地看过去,一派空旷,人们总觉得心里空落落的。有了这几棵树,感觉就好多了。

一个月后,这几棵树全活了。

天正热时,一个即将开业的度假村的老板找到我哥,想要那几棵树,给钱,一棵两千。我哥不卖,说树刚活过来,经不起折腾,就像刚刚动了手术的病人,只能静养。

老板嗨嗨两声说:"那又不是娘儿们坐月子,有那么娇贵? 要不我额外再给你两千?"

我哥还是不同意:"要树也可以,等明年这时树彻底恢复元气之后。"

老板一看分明是不给面子,就悻悻地去找我哥的领导。

领导和他熟悉,说:"你这算啥事啊?不就几棵柳树嘛,你找人挖了去不就得了。"

领导指示我哥把树给老板,我哥反对:"不能挪,一挪就死。"

"你只管挪,死了就死了,不关你的事。"

我哥就火了。

领导的脸很难看。领导最后不得已,说了很没水平的一句话:"你这个所长还想不想干?"

我哥犹豫了一下:"那你看着办吧。"

领导就撤了我哥的所长。

胳膊在绝大多数时候是拧不过大腿的。

前三棵树被连根拔起,最后一棵却有些执拗,血红的根错综复杂地扎进泥土里别着劲儿。老板喊:"砍断砍断。"工人就咔咔几斧子把那些宛如人的血管有粗有细疏密相间的树根砍了个利落,利刃上挂着血红的汁液。

几棵树就被运到了度假村。卸最后那一棵时,树干卡在车厢两侧,吊车司机不停地点开关,但树干还是别着劲儿。老板喊:"上去个人,把两边卡着的树枝砍掉。"一个人就提着斧头上去了,他站在粗大的树干上,站稳了,刚举起斧头,树干晃动了一下,别着劲的树干泄气了,猛地一倾斜,那人一个大趔趄,人飞了,斧头也飞了,斧头舞芭蕾似的旋转,再突然停滞在老板的脑门上……

满地的柳叶,惊得四散。

我哥一定想说活该的,却努努嘴,重重地叹了口气。

人类的结局

许　锋

　　若干年后,实际上我已经完全入了火星籍,成为火星一员,认同火星文化和法律,可还是没有被解除监禁。大家都知道,被监禁的滋味不怎么好受,二十四小时有人监视你,包括你的任何一个小动作。不是因为我有暴力倾向,我是一个健康的人,有优良的文化和品质,不管在地球上还是火星上,我都不会做出有损于社会的龌龊之举。但我来自地球,火星动植物检验检疫中心曾对我进行过全面检测,我体内含有被火星视为顶级危险的化学元素铀,还有一级危险化学元素苯,二级危险化学元素汞,三级危险化学物硫酸、硝酸。它们多年来一直在我的血液里循环。

　　火星地球研究院的专家一直试图将那些剧毒化学元素从我体内的碳水化合物中分离出来,可是数百次努力均告失败,那些化学元素已与我水乳交融。甚至有专家担心,如果有一天真将那些毒素从我体内分离,我的生命也许就到了终点。

　　对火星人来说,我是极其危险的,我体内的化学元素像一颗定时炸弹,在火星上沉淀、组合、裂变之后,说不定会随时爆炸,给火星带来灾难性打击。

　　我从没见过火星人的真实面目,火星人或者从密封舱外观察我,或者浑身上下从头到脚穿着厚实的防护服接近我,如此全副武装高度戒备让我极为难堪。要知道，我只是一个作家，手中没有武器，心里也没有恶念，我率先来到火星的目的是要完成一次探险，同时完成一篇期望能引起轰动的报告文学。当地球人和火星人签订互访协议之后，我成为第一个抵达火星的地球人。而第一个抵达地球的火星人不是作家，而是一名科学家。由于一些不为人知的原因，火星科学家刚踏上地球便全身不适，不到一刻钟便全身溃烂而亡，火星科学家体内的自动传感系统及时将其体内元素发生的变化传回火星地球研究院，火星专家分析后惊慌失措，立即将作为地球使者的我列为特级防护对象，并将我解送到火星动植物检验检疫中心进行检测。

火星人对地球人的诚意产生了怀疑。

他们不分昼夜地审讯我，试图从我嘴里套出地球人派我来到火星的罪恶企图。可是他们大失所望，他们始终没得到他们想要的东西。但他们还是不厌其烦地让我一次次讲述从上小学开始，一直到我来地球之前的经历，全部的经历，包括如何挨老师的揍、揪女生的辫子、给坏男生凳子上放图钉、偷农民伯伯的玉米、偷窥漂亮女同事的胸口，以及爱过几个女人、被几个女人爱过和干过的最丑恶的事、最漂亮的事。完全可以这样说，在火星人面前我是透明的。

通过对我无数次的讲述进行高科技的运算与缜密的逻辑考证之后，火星人终于认为我是无辜的，地球人对待火星人是十分有诚意的，火星科学家在地球上暴毙纯属意外。

火星科学家想不通我体内为什么会聚集那么多有毒元素却安然无恙。我豁达地告诉他们，人类最优秀的品质就是顽强，特别是地球东方的中国人，长期喝有毒的水，吃有毒的米，穿有毒的衣服，呼吸有毒的空气，基因已发生明显改良——我形象地打了一个比喻，属于针插不进、水泼不进、百毒不侵的物种。例如我血液里流淌着苯，如果没有苯，我说不定马上就会死去！

我十分想念妻子和女儿，当初她们不同意我出访火星，宇宙浩瀚，说不定有去无回。现在不知道她们过得怎么样。火星人经过慎重考虑，同意派我回去探亲，如果有可能的话，可以将我的家人接到火星。

通过多年考验,他们终于认为我已经完全归属和融入了火星,是生活在火星的外地人,好人。

我的归来让妻子和女儿欣喜万分,她们都以为我已经死了。好在妻子未改嫁,女儿结了婚,女儿的女儿刚一个月大。但我发现家里空空如也,一点儿粮食和蔬菜都没有。没想到她们的日子过得如此艰难,我鼻子一酸,掉了眼泪。妻子和女儿惊呆了,她们像看外星人似的看着我。

我诧异地问:"你们怎么了?"

妻子说:"我们早已不喝水,不吃米,不吃蔬菜了,空气中富含各类金属物质,只要每天呼吸就能解决饮食。"

女儿插嘴说:"市长还专门发表过电视讲话,说这是人类文明的巨大进步,终于可以不依靠土地,不看老天的脸色,不害怕灾荒。为了这一天的到来,我们做足了 GDP 的大文章,做足了土地的文章,做足了河流的文章,做足了空气的文章,也历经了多次雾霾的严峻考验。居民同志们,这一天来之不易,请大家自由呼吸,呼吸不上税,呼吸万岁!"

"水在地球上已经被视为有害物质,包括你的眼泪,因为地球人没人再会流泪。"妻子像防瘟疫似的擦干我眼角的泪珠。

我们一家人在街上徜徉。商店里卖的全都是塑料和金属制品,有的人面无表情,眼珠子一转不转。妻子告诉我,很多人都换了塑料或者金属脸,反正不用吃饭,不用请客,原来大家坐在一起,喝喝啤酒、茶、咖啡、牛奶,现在坐在一起就是干瞪眼。

"眼不见心不烦,爱长什么脸就长什么脸。"女儿还是那样心直口快。

市长也失业了,因为到处都是工厂,到处都冒着烟,空气中的成分非常富足,足足够用几千年,不用他再到处剪彩和批条子建厂。

而科学家预测,未来,人的生命会像蝴蝶一样短暂。

女儿黯淡的眼神突然发亮,她说:"爸爸,带我们去火星吧。"

我的眼里绽放出喜悦的光芒。

妻子说:"你眼里的这种光芒,我已经很久没有见过了。"

鱼 鹰

杨光洲

我说的鱼鹰是人，不是水鸟。

三十多年前，我刚记事时就听说过鱼鹰。鱼鹰家住卫河边上，是卫河中游的钓鱼台、石羊胡同、石榴园、西花园，还是卫河上游的合河村，人们各有各的说法。但是，听过鱼鹰传奇后，人们的感觉却都是一样的，那就是：神！鱼鹰的水里功夫比浪里白条张顺还要神！

鱼鹰要想过卫河，随时都可以过去，无论脚下是否有桥，水里是否有渡船。咋过？他把肥大的裤管撸到大腿根儿，下到河里，半蹲，两条小腿屈成盘，有时还一手端着蒜臼，一手拿着馍，蘸着蒜汁吃着馍，就过河了。到了对岸，放下裤管，竟一点也不湿……有人说鱼鹰的脚掌很宽，趾缝间有软肉，脚就像蹼一样，人在水上不动，可水下的脚划起水来比鸭子还自如……

鱼鹰瞄鱼的眼力更是了得！他走到河沿，甚至站在高出河面五六米的大众桥上，一眼就能看到水底的鱼！"这儿，一条'铁扁担'！""这儿，一窝'锅片儿'！"拿搂网的人照着鱼鹰手指的位置一网抄下去，准有一条五六斤的黑鱼或一窝鲫鱼被捞上来。捕鱼人手忙脚乱地把鱼收拾进鱼篓，转身向鱼鹰说"谢"时，鱼鹰的身影已在远处……

然而，鱼鹰并不总是帮着捕鱼人，更多的时候，在鱼与人之间，他偏袒的是鱼。

河边垂柳嫩黄泛绿时，鱼鹰会在捕鱼人身后唠叨："少捕点吧，母鱼正甩籽哩。现在捕这么多，到夏天没鱼可捕可别怨我没把话说在前头哇！"

知了和河里的蛤蟆开始二重唱时，鱼鹰会溜到鱼篓旁："才进夏天呀，鱼还没长起来哩。你瞧，这条还不到四两，让它再长长吧！"

也不管捕鱼人是否同意，他一扬手，"扑通"一声，把那条鱼给放生了！

河堤斜坡上野菊还在风中招蜂引蝶呢，鱼鹰可就堵在持网捕鱼人面前了："都秋天了，还用网捕鱼？就不怕明年河里没有鱼——给明年留点鱼种吧。"

如果人家不听，鱼鹰还死乞白赖着不走："要不用鱼竿钓吧？少钓点，给明年留点想头。别用这么大的网！想给一网打尽了呀？"

虽然有一身水中的好功夫，鱼鹰却很少下河捕鱼，家里更是难得吃一次鱼。如果来了客人，客人提出要吃鱼，鱼鹰才会去捕鱼。下河前鱼鹰要问客人想吃什么方法烹制的鱼。客人想吃红烧鱼，鱼鹰拎回来的必是条大鲤鱼。客人想吃熘鱼片，鱼鹰拎回来的定是条黑鱼。客人想喝鲜鱼汤，鱼鹰拎回来的准是一兜鲫鱼片儿。鱼鹰捕鱼有个规矩，鲤鱼、黑鱼、鲢鱼这些大鱼，每次只捕一条。至于鲫鱼片儿，则要看喝汤的人数，每人一条，多一条他也不带上岸。

有人劝鱼鹰多捕点，鱼鹰就像被人骂了祖宗，恶狠狠地盯着对方："别想坏了俺的规矩！"

到我十多岁的时候，卫河水已开始变浑发腥。一到夏天，总有几天卫河得翻河，就是河底的脏东西沉淀得太多了，天一热，都泛到上面来了。这时，大鱼小鱼都浮到水面换气。河面上满是一张一合的鱼嘴，用洗脸盆都舀得起鱼来。

这时，卫河两岸的人们往往全家老小齐上阵，搬网、黏网、抛网，甚至连窗纱、蚊帐都派上了用场。一场全民皆兵的捕鱼歼灭战打响了，鱼儿陷入了"人民战争"的汪洋大海！

这时，常有一位破衣烂衫、蓬头垢面的老汉骑着快散了架的自行车在卫

河两岸奔走呼号:"少捕点吧! 过两天一下雨,河水不臭了,鱼就不浮头了,留到明年会有更多的鱼给你们捕呀!"

小孩儿追在他后面喊"鱼疯子""鱼疯子",用碎砖头、小石子掷他,他全然不顾,还是一个劲地呼号。有人说:"他就是鱼鹰,已经疯了!"

而立之年,我背井离乡,要到千里之外的异乡谋生。此时的卫河已臭不可闻。临行时,不知咋的,我忽然想起了卫河,想起了鱼鹰,便问送行的朋友:"你知道鱼鹰吗?"

"知道! 老皇历了! 你傻不傻?"朋友不屑一顾地说,"卫河里鱼绝种了,咋还会有鱼鹰? 鱼鹰早死了!"

石羊胡同

杨光洲

　　石羊胡同南北走向,正冲着由西向东流的卫河。出了胡同南口,就上了河堤上的小路。胡同与河堤交接处,卧着一只青石雕成的羊,胡同由此得名。

　　石羊与真羊大小相仿,只是略粗壮些。它跪卧在石头基座上,头微微昂起,注视着浩浩荡荡的卫河。石匠在雕刻石羊时显然用了大写意的手法。在按比例准确完成石羊外部轮廓后,石匠既没有着意去刻画卷曲的羊毛,也没有在犄角、眼睛上耽搁过多的工夫,而是把点睛之笔放在羊的颔下、嘴上:羊脸下两侧的骨骼是整个羊身上少有的棱角分明的线条。这条流畅有力的曲线稍稍倾斜向上,托起了石羊的头颅。嘴巴也仅用一条浅浅的细线表示,点到为止,只是在两边嘴角各加了个浅浅的酒窝而已。正是这两条简洁的曲线,使得石羊在人的脑海里栩栩如生了。

　　它酣睡初醒,昂起脑袋欲起身迎接晨露朝阳?

　　它结束了一天的觅食嬉戏,刚"咩"一声惬意咏叹,要披着夕阳绚丽的锦被进入梦乡?

　　抑或它还是个既撒娇又懂事的孩子,在母羊肚腹下耍赖贪吃母乳而露出了得意的"坏"笑,却又不忘给母亲行"跪乳"之礼……

　　然而,石匠在完成传神之笔后又有出人意料之举:在石羊的正头顶上凿了一个一指节深的小圆坑，又以力劈千钧之刀，干净利落地将石羊横切为两半！

这里为什么会有只石羊？石羊头上为什么会有个小坑？石羊又为什么被劈成了两半？三十多年前，一个咿呀学语的小男孩儿坐在手推车里，不止一次地问妈妈……

"这只石羊本是天庭上修炼得道的神羊。它看中了卫河两岸的风水宝地，更为卫河两岸淳朴的民风所吸引，便下界到了卫河边。为了不招惹是非，它变成了一只石羊。说来也怪，自从有了这只石羊，旱涝不定的卫河变得温顺了。

"这只神羊下界时头戴一枝宝石花。这枝宝石花可以吸天地之精华。每到月圆之夜，宝石花华光四射，石羊就恢复活力，现出真身，下到卫河边饮水吃草。太阳升起前，它到最善良最贫苦的农民渔夫门前走一遭，再回到原处变成一动不动的石羊。太阳出来后，一般路人只能看到神羊走过的门口前留有羊的粪便，而这家主人一出现，这些污秽之物就立马变成了金元宝。"

"妈妈，那石羊现在还会拉金元宝吗？"

"不会了。卫河两岸的人民世世代代日出而作，日落而息，他们很善良，也很知足，都感谢神羊带来吉祥，谁也没想到去向神羊索要财宝。神羊与河两岸的人们相处得很好。后来，卫河变成了运粮河，南来北往的商人每逢农历十五月圆时都要弃舟上岸，到石羊前烧香求财。对这些贪心不足的家伙，神羊从不理睬。可是，由于受到干扰，神羊也不显灵为穷人拉金元宝了。有个游走四方盗宝的蛮子随商船来到了卫河边。他虚情假意地讨好神羊，试探着想触摸到神羊，可他眼前的神羊却像影子一样，可望又不可即。多次交往后单纯的神羊告诉了他一个秘密：神羊头上的宝石花是个护身符。有这个护身符在，谁也休想捉到神羊……

"又是一个月圆之夜，石羊前竟无人烧香求财，出奇地安静。石羊现出原形，想到河边去饮水吃草。埋伏在草丛里的蛮子和奸商们冲了出来，用钢钎直插神羊的头顶，溅血的宝石花落地，蛮子和奸商们急忙去抢，宝石花竟

化为乌有。蛮子想,神羊既然能拉出金元宝,肚子里一定有不少金子,就又一刀把神羊劈成两半。神羊立马变成了石像,头上由于失去了宝石花而凹下一个小坑,身子也被劈成了两半。这时,夜空中传来一阵冷笑:'你们虽有人形,却贪心不足,连畜生都不如! 只有善良知足的人才有福享受和谐吉祥。原本清凌凌的卫河水,就是被你们商船上载着的名、利给弄脏的,可惜呀……' 神羊又回到天上了。"

"神羊还会回来吗?"

"神羊虽然在天上,可它的替身不是还在这里吗? 这只石羊能感受卫河两岸的变化,神羊也能知道这些变化。终有一天,卫河水变清了,石羊就活过来了……"

讲述这个故事的是我的母亲,咿呀学语的小男孩儿就是我。那时,母亲上下班必经这条百米长的石羊胡同。我随母亲到工厂的托儿所里。躺在小推车里,石羊胡同的传说我听了一遍又一遍。

如今,我已过不惑之年,可石羊的真正来历却一直困扰着我:查正史方志,均无石羊的记载。

这座头顶有坑、身为两半的石像究竟是不是羊? 我请教了不少学者,竟无人讲得清楚。

从而立之年起,我在异乡漂泊了十年。为了心中的石羊,我曾专程回到故乡卫河河畔。石羊胡同竟已不存在了,代之的是一座座火柴盒式的楼房。我向一位老人打听石羊的下落。

"房地产商在这儿搞开发,当地居民反对,双方又争抢石羊,石羊却不见了踪影。有人说被一户居民藏起来了……"

我又惆怅地离开了故乡。在火车"哐当""哐当"的催眠曲中,我恍惚间看到冥冥之中母亲牵着一只羊对我说:"孩儿呀,娘说得没错吧? 只要河水还是脏的,神羊就不会回来!"

"妈妈!"我叫着醒了。母亲并不在眼前,她老人家去世已经五年了。

狼 王

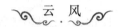

云 风

月朗星稀，夜深人静。

蓦然，几声"嗷嗷"的狼嚎，划破寂静的夜空。抬眼望，一道矫健的白色狼影，在月光里，驰骋、跳跃，眨眼间，消失在茫茫的夜色之中。

王老汉翻身坐起，披衣下炕，借着明亮的月光，来到院子里。院子的西北角，篱笆墙下面，一只肥硕的兔子，正在瑟瑟发抖。王老汉走过去，拎起兔子的耳朵，看了看，脸上露出了会心的微笑。

不知是第几次了，偶尔夜深，狼王就会叼些兔子、山鸡等野味，置于王老汉院中，供其享用。为此，王老汉深感欣慰！

王老汉是山中的猎户，世代以打猎为生。一次打猎途中，王老汉忽然听到有"嘤嘤"叫声从洞中传出。他循声进洞，慢慢搜索。在洞的深处，一只白色狼崽正伏在洞底的草窝里低声呻吟。看来，它早已是饥饿难耐了！王老汉可怜它幼小，抱起来，带回家中，用羊奶喂养它。

眨眼一年过去了，狼崽变得高大威猛，矫健如风。长大的白狼伴随在王老汉左右，几乎形影不离。王老汉没事就和它说说话，教它做事，它摇头摆尾，"呜呜"应和，一副谦卑好学的模样！王老汉还教它如何猎物、追踪，它身手敏捷，能吃苦耐劳，哪怕伤痕累累也不负所望。慢慢地王老汉的每句话、每个暗示，白狼似乎都心领神会了！由此王老汉把它当成宝贝，关爱有加。

但是,狼终归是狼,每当深夜,白狼就会本能地发出"嗷嗷"的嚎叫声。那声音,幽旷深远,凄凉彻骨,瘆人之极,叫左右邻舍不得安生。不得已,王老汉只得将其放归山林,任其自生自灭了。

哪承想白狼驰骋山林,叱咤风云,没过多久就居狼群之首,号称狼王了。狼王不忘旧恩,衔来野物之后,也不停留,长嚎几声便消失在夜色之中。一来二去,邻舍皆知王老汉与狼王的密切关系,唏嘘不已!

忽然一日,山里开进一辆车来,车里是两位外地猎者,猎者声言要活捉狼王。但是,经过几天的苦苦搜索,竟连狼影也没看到,不觉有些心灰意冷。不经意间,他们听说了王老汉与狼王的关系密切,不觉暗暗一笑,计上心来……

大山深处,密林丛生,鸟虫忽现。狼王独自徘徊,伺机猎物。忽见不远处,鸟群突然腾空而起,喧哗一片。狼王知道,一定有事情发生,就慢慢向那边移动过去。透过林间缝隙,狼王一看,不觉大吃一惊!原来王老汉五花大绑,被两个猎者一推一搡地前进着。猎人手里各拿一把枪,黑洞洞的枪口正在四处探寻。看着王老汉痛苦、被折磨的神情,狼王愤怒了,只见它身子一挺,"嗖"的一下从林间跳出来,横在猎者面前,怒声长嚎。

猎者一见狼王,心里不知是惊是喜,身体猛然战栗了一下,但随即收敛。他们迅速靠近王老汉,将王老汉从后面搂住,用枪指着王老汉的头。

王老汉拼命挣扎,大喊:"白狼,不要管我,快跑啊!"

狼王仍旧长嚎怒吼,但不敢轻易上前。

一个猎者对王老汉说:"快叫狼王束手就擒吧,不然我们一枪打死它。"

王老汉破口大骂:"你们这帮畜生,禽兽不如,就是我死也不会让你们得逞的!"

王老汉继而又喊:"快跑啊,白狼,不要管我!"

猎者愤怒了,拼命勒住王老汉的脖子,勒得王老汉满脸通红,眼冒金星。狼王见王老汉处境险恶,自己更不敢轻易行动,便停止嚎叫。它来回走动片刻后,四肢慢慢伏地等待乖乖受擒。两个猎者心花怒放,但仍不敢大意。他们一人挟持王老汉,一人端枪慢慢向前,将狼王死死捆住,才像散架般,倒在地上,放声大笑。

两个猎者见大功告成,将王老汉丢在一旁,抬走狼王,将其装在事先准备好的车后面的大笼子里。车缓缓前进,颠簸在山间的小路上,二人得意扬扬!

哪承想,车到半路,狼王突然张开大嘴,又一次嘶声嚎叫起来。那声音悲怆高亢,声声摄魂,方圆几里,清晰可见。不多时,就见周围山林,影影绰绰,十数只狼影闪动!

第二天,人们赶到此地,早已狼去车空,鲜血、衣服碎屑散落一地!

梦里飞翔

云·风

我做了一个梦,梦见自己一运气,就能飘起来,然后升上天空,自由自在地飞翔了。

蓝天好大啊!一片片白云包围着我,伸手一抓,全是棉花一样,白白的气雾被风一吹,就在手里飘散了。

叽叽喳喳,一群黑鸟迎面飞了过来,我奇怪——哪来的这么多小乌鸦?

我大声喊:"小乌鸦们好!"

鸟儿大叫:"胡说什么,我们是麻雀。"

"麻雀?我见过呀,不像你们这么黑!"

鸟说:"你以为我们想黑呀,你看那烟囱,一个比一个高,一个比一个冒的烟多,我们是被熏黑的!"

我恍然大悟,低头一看,一排排烟囱,还真像一柱柱火炮,正浓烟滚滚地发炮弹呢!我抖了抖身子,竟然掉下许多黑色的粉末!

我有些生气,飘下地面,找了些废旧塑料布、草帘子什么的,然后运上去,塞到最高的烟囱里。不一会儿,我就看到,烟囱下面的房屋里冒起了黑烟,里面的人被呛得叫喊着四处乱跑。我哈哈大笑着飞走了。

来到大海上,我心旷神怡,忍不住大发感慨:"好辽阔、好广袤啊!"

我慢慢落下来,落在海岸边的一块礁石上,礁石黏糊糊的,粘了我一手黑油。我定睛一看,原来是石油。我明白了:某国的石油泄漏让我碰上了。我拼命地甩手甩脚,想把石油甩掉。没有用的! 忽然一个声音传了过来。我仔细一看,一块石头动了。我再仔细一看,原来是一个老海龟,背上全是黑乎乎的石油,跟石头差不多。海龟说:"海洋啊! 不光到处是石油,连海水都被核污染了,真是可怕!"我又明白了:某国的核电站泄漏,污染了海水,怪不得成群的鱼儿都不见了呢! 都是人类惹的祸啊! 我有些不敢面对海龟,一运气,逃也似的离开了。

越过城市上空,火柴盒似的房屋、甲虫似的车辆、蚂蚁似的人们,都在地面上,或伫立不动,或忙忙碌碌,或爬来滚去,好不热闹。但这里太过喧嚣,各种声响混杂在一起,叫人头昏目眩。我有意躲避这些,加快速度,一直向前飞了去。

我记得,前面应该是一片森林,长在山坡上,郁郁葱葱的,像一把把阳伞,给人一种静谧、惬意和清爽的感觉。当然,那都是以前的事儿了。这次到来,山坡上什么也没有了,只剩下光秃秃的树桩,星罗棋布地分散着,甚是萧条、寂落。不远处,特大山火刚刚熄灭,炭黑的枝条干巴巴地支愣着,像是魔鬼干枯的手指。

忽然狂风忽起,乌云密布,紧接着,一道闪电划破天空,炸雷贯耳。哗啦啦,雨点倾盆而下,我急忙飞落,躲到山下的农舍里。雨越下越大,雨水夹杂着泥土树枝,从山上滚落下来,汇集成河。不好! 巨大的泥石流向我们这边来了!

我顿感不妙,大声呼喊:"快跑啊! 泥石流来了!"

我一转头,那边,洪水也汹涌着过来了! 人们都炸了锅,纷纷逃散。我一运气,飞到了半空,无能为力地看着,一排排农舍、一群群牲畜还有仓皇失措的人们,一股脑被洪水淹没了。心,刀割一样疼痛!

拖着疲惫的身躯,我漫无边际地到处飘荡,最后停留在一条小河边。河水清清的、绿绿的,可以清楚地看到下面的鹅卵石。我想,这是最后一条没被污染的小河吧! 就捧了一口水,想喝。

突然,一群鱼游了过来,它们彼此大声呼喊:"快跑啊!上面开了化工厂,污水马上就要过来了。"

我抬头一看,果然,上面一弯污水正向这边排放而来。

我真是气坏了,一运气,飞起来,溜进了那家化工厂。化工厂里到处都是弯弯曲曲的大小管道,还有许多阀门。我不管三七二十一,将一个个阀门全给关闭了。不一会儿,就"嘀嘀"响起了警报声。

我听到里面有人喊:"不好了,要爆炸了,快跑!"

紧接着,"嘭"的一声,不远处的一根管子爆裂了,冒了一屋子白烟。

我知道情况不妙,一运气,想飞。可不知怎的,这次,无论我怎么运气,就是飞不起来了,无奈之下,我只得大声呼喊:"救命啊,救命……"

随着几声叫喊,我"腾"的一下从梦中惊醒,汗水淋漓地从大床上坐了起来!

第二天,我在大会上宣布:一切污染环境和破坏生态平衡的项目,取消投资。

王水清的水

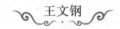

王文钢

　　王水清上过高中,在村里算是个文化人。王水清后来的表现让很多人费解。有人说:"这孩子,上学上憨了!"

　　村里许多人是看着王水清长大的。这小子,玩水玩得特别好,就像一条鱼,离不开水的鱼。王水清家后是一条河,一条清清的小河。从小到大,小河就是王水清的天堂。刚入夏,王水清就褪掉裤子朝河里蹦,往水底钻,跟那些鱼儿虾儿捉迷藏。

　　他在河里就像一条鱼,一条快活的鱼。可以说,连河里真正的鱼都不如他快活。一直到深秋,屋后的稻草上撒满一层霜,王水清还在水里畅游着。

　　王水清没感到冷,就像水里的鱼儿,他感觉,河里的水一年到头都是一样的温度。他娘挥舞着一根竹竿,站在河岸破口大骂,直到王水清听不下去了,才浑身湿淋淋地钻上来。

　　王水清上岸,是因为他看到了李红。李红正站在岸边不远处看着他。王水清上岸以后,回头看了一眼李红,脸倏地红了。

　　初二以后,王水清就没在河里游过泳。王水清感觉自己长大了,他就蹲在河边看着那些小孩子游泳。

　　王水清不再游泳的原因还有一条,就是李红不再来看他游泳了。李红也长大了。

王水清后来上高中,没考上大学,就回到村子里。李红已经上了师范,离开了村子。

再后来,王水清跟着村里人出门打工,在城市的灯火辉煌中,王水清常常想起家乡屋后的那条小河。

再回到村里,王水清就感觉到有些异常,至于哪里异常,他一下子没看出来,反正就是感觉不对劲。

那天,就在王水清背着行李要出门的时候,他终于发现了他感觉到的异常。他家屋后的那条小河,变了。

首先是水没有以前清澈了,变得浑浊。然后是河里的水接近干涸,看不到成群的鱼儿,也听不到蛙鸣。还有就是,岸边堆满了食品包装袋、卫生纸、死狗烂猫的尸体……散发着臭味。

王水清放下了行李,决定不再出门。他找到村主任,说:"我要承包我家屋后的那条河。"

村主任张着嘴巴,说:"你疯了,那条河现在不是以前的那条河了,经常有人朝河边扔垃圾,水库的水经常流不到这里,你包它干什么?"

王水清说:"我承包自有我的用处,你说吧,多少钱一年?"

王水清就包了那条河。

村主任摇着头跟人说:"王水清这小子仗着上了几年学,想在河里淘金子,他想错了。"

王水清后来做出的事情还真让很多人不理解,他在河边建了几个垃圾池子,还在池子上写着:垃圾请入池,让河水清澈!

王水清跑了一趟镇上的水库管理处,回来不久,他承包的小河里就缓缓地流来了清水。他在河里放了鱼苗,种了藕芽,然后买来网,把河的两端用网拦住了。

春天过去,夏天来了,王水清的小河里生机勃勃,有了碧绿的荷叶、和谐的蛙鸣、畅游的鱼儿。

王水清用家里的农用车,把垃圾池子里的垃圾运到荒地里掩埋了。

　　村里人望着挥着汗水忙乎的王水清就说:"水清啊,你小子就是有眼光,包了那条河,几年就肥了你。"

　　王水清笑:"俺不想肥,俺就是想让那条河的河水能流得欢快些!"

　　天渐渐地热起来,王水清买了一些黄沙铺在屋后的河边,村里的很多孩子就来这里游泳。王水清托着下巴,望着那些孩子快乐地游着泳,自己也感觉很快乐。

　　荷花开满河塘的日子,王水清正在河边忙着清理垃圾。这时,他看到从村后的石子路上走来一个人。一个穿着粉红色衣服的女孩。是李红。

　　李红看到河里盛开的荷花,看到河里畅游的鱼儿,就感到很惊奇,笑容瞬间绽放在脸上:"王水清,这是你的河!"

　　王水清早就看到李红了,他笑着说:"是我承包的小河,李红你毕业了吗?不在城里工作,咋回来了?"

　　李红昂着头:"我回来了,回到咱村里教书,不走了!"

　　王水清一下子激动起来:"李红,咱村里可没有城里热闹。"

　　李红笑笑:"咱村里有一条河,有一条让我魂牵梦绕,流淌着清清河水的小河!"

　　后来,王水清望着李红离开的背影,就更加使劲地干活儿。他心里说:"我要让河水更清,要让李红经过的时候,更高兴!"

最后一个牧马人

江　媛

麦子武骑马穿过沙枣林的时候，遇见了他阿爸。

他阿爸在阳光灿烂的清晨哆嗦几下，便浑身精湿地指着红马说："儿呀，这红马救过你爷爷的命，想当年清军入疆的时候，要不是红马跑得快，你爷爷早被乱枪打死了。"

麦子武向他阿爸深鞠一躬说："阿爸，我知道红马对我们家的恩情，你快回麻扎里去，别让大风把你吹走了。"

他阿爸擦了擦眼睛，轻烟一样飘回到麻扎顶端，伫立良久才渐渐消散了。麦子武冲他阿爸水渍一样浅淡的魂影深深跪下去，连磕三个响头，才跨上红马慢慢朝家走去。

他骑着年迈的红马缓缓走过开满紫花的山坡，走过清流涌动的小溪，猛然想起儿子红彪，红彪说："阿爸，红马老了，杀掉还能卖千把块，你要是放了红马，别人捉住它不也一样杀掉卖？"

红彪一边埋头磨刀，一边将冷水淋漓在寒光闪闪的刀锋上。儿子哧哧的磨刀声跟着西风卷起一片片枯叶，从麦子武的心头刮过。

麦子武拧着眉头对儿子说："你再磨刀，我就把刀熔掉。"

红彪见父亲发怒，只得收起杀牛刀。此后儿子虽然不再提杀马的事，但他磨刀的声音似乎总在院子深处隐约响起。麦子武梦见儿子在黑暗深处

"哧啦哧啦"发奋磨刀，他磨完就将刀向红马的脖颈用力扎去。麦子武大叫一声从床上摔倒在地，他赤脚跑进马棚，紧紧搂住红马，才确定自己是噩梦一场。

入冬后麦子武竟病倒了，红彪将父亲送进医院，铁匠街上再次贴出禁止豢养活畜、禁止活畜在街上行走的通知。红彪左思右想，决定趁父亲不在的时候杀掉老马。那天清晨红彪将老马拴上树桩，吩咐老婆橘茶置好血盆，烧开铁锅。红彪等橘茶将一切准备停当，便举起牛刀冲红马一步一步走过去……红马轻轻抖了抖鬃毛，眼中突然涌起一片忧伤而温暖的光芒，这温暖的光芒击打在红彪的心上，掀起一阵一阵细小的波浪。红彪颤抖着手继续朝红马逼近，当他将大刀高高举起的时候，两滴硕大的泪珠从红马的眼中缓缓滴落……父亲搂着红彪共同骑马追逐野兔的情景，一幕幕出现在红彪眼前。他紧闭双眼，稳住颤抖的双手，猛然举刀朝红马颈下狠狠扎去……随着一声凄惨的号叫，白杨树上的麻雀一群群飞散。红彪在涌动着血光的朝阳里，在长长嘶鸣的红马面前，慢慢跪下双膝，松开了手中的屠刀。水滴从他脚边的磨石上一下一下打在地上，凝成一个个冰球，与枯叶翻卷来去，发出沙沙的叹息……

橘茶把麦子武接回家那天，红彪架着单拐出门迎接父亲。他刚喊一声爹，麦子武便颤巍巍地冲他摆手说："去，回床躺着，安心养伤。"

一瘸一拐的红彪被橘茶搀走后，麦子武才步履蹒跚地走进空荒的马厩。他呼唤几声红马，忍不住泪如雨下。寒风掀动着顶棚的茅草卷起一团团雪花，向灰白的天空抛撒。落满雪片的马鞍悬挂在立柱上，来回垂荡着。麦子武用铲子敲去食槽的寒冰，续满干草，点着火堆。他觉得红马温柔的目光再次包裹了他，他听见红马高亢的嘶鸣又从远方阵阵传来。麦子武捡起草垛上的马鞭，抚摸着它摇摆的红缨穗，被一浪又一浪哀伤的潮水"哗哗"淹没。

麦子武擦净马鞭上的灰尘，抖动着鲜艳的红缨穗，将马鞭凌空甩去。他时而将马鞭甩成回风舞雪，卷起团团尘土；时而将马鞭甩成双凤齐鸣，发出洪亮的啸叫。麦子武甩鞭的章法纹丝不乱，每次收鞭他都将马鞭准确无误

地停在马头上方。麦子武的甩鞭声抽醒了铁匠街牧马人的心,他们在麦子武清晨甩出的马鞭声中快乐醒来,又在麦子武夜晚甩出的马鞭声中甜美睡去。嗖嗖的马鞭声穿过几十年记忆的深潭,抽去时光厚厚的尘埃,让老一辈牧马人看到了尘埃中飘散的阳光。这些老人有的在牛皮纸上画出自己心爱的马,有的翻出深藏的马鞭抓在手中,跃跃欲试,也有的穿上当年的马装拨动起年轻时的弦琴。

有一天马鞭嗖嗖的铁匠街突然安静下来,人们从清晨到黄昏没听到一声甩鞭声。一些孤独再度从老牧马人的心里流淌出来,在整个街道上奔突、弥漫。

老牧马人索吉的心被寂寞挖空了,他穿过几个铁匠铺,走进人来车往的麻扎,一把抓住正在丝绸店忙碌的红彪,对他说:"你父亲紧锁大门,一整天都未甩出一鞭,你快去看看他到底出了什么事?"

红彪听了老索吉的话,急忙关上店门,同老人一起回到家。他们穿过长廊走进后院,看见麦子武右手高举马鞭,在门口默然端坐,马鞭顶端的红缨穗在夕阳里抖动一下又抖动一下,宛如一只随时都会飞走的鸟。

红彪连续喊了几声"阿爸",麦子武均一言不发,当老索吉上前轻拍麦子武后背,他便紧抱马鞭向地面倒去。

妻子和鸟

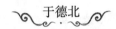
于德北

自从家里来了燕子，妻子开始关注小鸟。先是一心在燕子身上，春天看燕子衔泥、筑巢，夏天看燕子孵化、侍弄幼仔，秋天看燕子教小燕练飞。冬天了，就常常望着燕窝发呆，似乎等待燕子从那里飞出来。其实，燕子早就走了，要等第二年的五月才能飞回来。

秋天的时候，小燕站在护栏上，学着大燕子的样子，努力地拍打翅膀，一心想快点飞上天空去。可大燕子是有耐心的，小燕的翅膀根儿不练硬了，是不会让它飞远的。大燕像一名严格的教练，指导着、监督着小燕，哪怕出现一点差池，它都会"叽叽叽叽"地教训个不停。有时，小燕也叫，这时，看出神的妻子便会说："你听，小燕子在犟嘴呢。"

是呀，小燕也有发表看法的权利。

今年冬天，居民楼前边的柳树上来了几只花喜鹊，又肥又大，个个都像有钱的绅士。在我们居住的这座城市里，灰喜鹊是常见的，但五六只大花喜鹊聚在一起，开会一般"喳喳"鸣叫，实属不多见的事情。有关花喜鹊的奇景，多年前我在西部草原看过一回，我坐在回程的车里，窗外突然发出一阵欢叫，只见一只大花喜鹊当中翩舞，在它的四周竟有上百只麻雀随其纷飞，那场面可谓壮观。

这几只花喜鹊怎么会飞到这里来呢？

妻子似乎比我更善于观察，她很快就发现邻居在地上的投食。原来，这几天有雪，花喜鹊找不到吃的东西了，它们来这里，是参加宴会的。这一发现让妻子非常欣喜，她快速地跑回家，取了一瓶小米，小米投到地上，装米的瓶子就放在楼门口的高台上——这就完全可以令人放心了，谁会和鸟争食呢？

那以后的一段日子里，妻子每天出门的第一件事就是在地上撒一把米，然后仰望天空，等待花喜鹊的出现。可是，天晴了，大地又露出斑驳，花喜鹊有自己的觅食之道，当然很少光顾这里了。

我笑妻子，她忘了一句童谣："花喜鹊，尾巴长，娶了媳妇忘了娘。"

但花喜鹊偶尔也会光顾的，如果妻子听到喜鹊的叫声，一定会反驳我说："怎么样？它们又来了吧。"

竟像个孩子！

今天晚上，我们一起去公园散步，环湖到第二圈时，突然从黑暗处飞出来一只小鸟，它飞得很低，扑棱几下，落在我们脚下。

它一定是受伤了。

妻子小心地走过去，将小鸟从地上轻轻地捧起来，小心地检查着，冲着光亮四处照着，果然在头部发现了陈旧伤，好在伤口已愈合，不会发生感染。

妻子要把它带回家里。

我拒绝了这个要求——野生鸟在家里是很难养活的，带它回去只会加快它的死亡。

妻子有些不知所措，我安慰她说，这是一只幼鸟，但完全可以独立生活，只要把它放在自然里，它成活的概率一定高于没有经验的救护。

妻子被我说服了，她一边轻轻地松开手，一边怜惜地问道："你行不行啊？"

小鸟站在她的手心中，稍稍停息，轻叫了一声，便飞走了。

我问妻子："你知道小鸟刚才说了什么？"

妻子柔声地说："谢谢。"

人猴恩怨

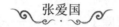

张爱国

　　小山村好些年都不见猴子了,年轻人怎么也不相信这里曾是"猴灾区",所以当第一只猴子出现在村里的时候,年轻人的兴奋自不必说,就连那些曾屡遭"猴祸"的老人也恨不得把家里所有能吃的东西都拿来,招待这些久违的"冤家"。老老少少,一边喂猴戏猴,一边念叨政府近年来"封山育林,退耕还林"的好政策。

　　然而大家很快发现,他们的好意换来了这些家伙们的肆意:先是三五只地来,后来是成群结队地来;先是清晨和傍晚来,后来是无时无刻不来;先是在村口你给它点儿吃的它就走,后来是溜进人家里偷抢,吃后就在村里追鸡撵狗。更恼人的是,地里的玉米棒子还没有拇指大,西瓜还没落花,棉花刚结桃,就被它们用作"打仗"的武器给糟蹋了。

　　清除"猴患"又成了村民们的头等大事。

　　有人重又提出当年的"投毒法""猴尾点火法",但立即遭到大家的反对——毕竟那是一条条生命,而且是人的近亲嘛,把它们赶进山林里,不出来祸害就行了。

　　这天中午,一场暴雨刚歇,村民们刚埋伏好,浩浩荡荡的猴子大军就来了。村民们又好气又好笑,这些家伙简直把村子当成了自己家,连才出生不久的小猴子也抱来了。一进村,猴子们就开始肆无忌惮地跳墙翻窗。

村民们突然从四面八方冲出来,高叫着,敲打着脸盆、锣鼓,挥舞着扁担、铁叉。猴子们慌了神,想往回逃,路被堵上了,只得往村子另一头跑。刚出村子,沙石路上,冷不防冲出几辆"呜呜呜"连车带人都是大红的摩托车。猴子们哪见过这种玩意和阵势,在泥水地里跌倒了爬起来,爬起来再跌倒,连滚带爬,没命地逃窜……

好不容易,摩托车停下了,面前却横上了一条河。猴子们正想找个渡口,摩托车忽然"呜"一声又冲上来。猴子们立即向对岸慌乱地跳去。还好,河并不宽,几乎都跳了过去,除了一只母猴——这只搂着幼猴的母猴,或许太紧张了,自己跳过了,幼猴却落进了河里。

母猴一看河里挣扎的幼猴,纵身跳下去。可是,河水太急,母猴扑腾了好一会儿,连幼猴的身也近不了。岸上的猴王一连大叫了好几声,母猴才不得不爬上岸来。

幼猴被卷进了水底,好一会儿才挣扎出水面。猴王喝住又要跳下的母猴,向一只强健的公猴叫一声。公猴应声跳下河。公猴几次就要抓住幼猴了,但湍急的水又将它冲开。

猴王一连命令几只猴子下河,都无功而返。

幼猴停止挣扎,只偶尔露出一下水面。母猴在岸上凄厉地叫着,要不是几只猴子将它紧紧地抱住,它早已又跳了下去。

"扑通!"猴王跳下了河,几个扑腾后就到了幼猴身边,眼看就要抓住幼猴了,一个浪头打来,两猴都不见了。岸上的猴子们以为它们都上不来了,凄厉地惨叫着。忽然,猴王搂着幼猴蹿出了水面,奋力将幼猴扔上了岸。又一个浪头打来,猴王再次被卷入水底。

这一切,都被追赶而至的村民看在眼里,他们先前只觉得好玩,但很快就被猴子们的举动给感染了。一名小伙子急忙踢掉鞋子,跳下了河。

河水暴涨,越流越急。

猴王又浮出来,却无力挣扎,只随着流水上下翻滚,时隐时现。岸上的猴群,天塌了般地惨叫着。小伙子奋力向猴王扑去,接近了被冲开,冲开了再接近。足足半支烟工夫,小伙子抓住了猴王的一只上臂,奋力将猴王推上岸,自己却被一个浪头卷走。

河边的人慌了,将手里的扁担、铁叉纷纷伸向河里,可是小伙子一个也抓不住。人们又相互手拉手向河里蹚去,可才蹚出几步,又被迫撤回。忽然,刚刚吐出一窝浑浊河水的猴王对着猴群一声叫,猴群立即静下来。猴王一把抓住一只成年猴子的手臂,又示意它抓住另一只猴子的手臂。猴子们立即明白过来,一个抓一个,很快抓成了一股"猴绳"。猴王下了河,第二只、第三只……相继下了河。"猴绳"向河中心延伸,向着小伙子延伸……

猴王终于和小伙子紧紧地抓在了一起,"猴绳"慢慢向岸边收拢……小伙子得救了。

说也奇怪,此后,猴子们还是经常光顾村子,但都像走亲戚一样,从不做破坏的事。村里的人,更是待它们如座上宾。

与野猪相遇

张爱国

秋后,阿根到临山村收生猪,出乎意料的是,今年的临山村却连一根猪毛都没有。问原因,村民们说是被野猪给糟蹋了。野猪怎么会糟蹋了家猪?

原来,这些年封山育林效果显著,消失了三四十年的野猪重又回到了山上。野猪一来祸害也就来了:地里的玉米刚灌浆,它们只消一夜就把上百亩的地给扫荡一空。村民们敲锣鼓,点火把,放鞭炮,挖陷阱,放狗撵,架高音喇叭,想尽了办法,效果却微乎其微。这两年,村民的收成不及过去的一半,连口粮都紧张了,哪还有闲粮养猪?

阿根要到山上会会这些野猪。村民们劝阻,说野猪异常凶猛,一旦遭遇就危险了。阿根一笑:"放心,我还能怕猪吗?"村民们也笑了,也是,阿根身高一米八,体重一百八十斤,从十六岁开始杀猪卖肉,都二十多年了,身上的杀气能让猪在百米外闻到并吓得浑身发抖。

半山腰上,阿根听到了"哼哼"声,一看,左前方二三十米处的一片山芋地里,一头野猪,全身油黑,少说三百斤,长而尖的嘴像铁犁一样插在山芋垄条里,正"哧哧哧"拱得欢。身后,鲜红的只有拇指大的山芋一个个被翻出来。每拱上一二米,它就停下来,回过头,将山芋一个个咬碎又吐出,根本就不吃。

阿根猛地"嗨"了一嗓子,野猪"哼"一声,抬起头,要跑,却又立即停下

来,看向阿根。阿根没有贸然追去,抓起一块拳头大的石头砸过去,正中野猪屁股上。野猪又哼叫一声,向山下快步走去。

"笨家伙一定被我身上的气味吓着了。"阿根笑着,跳下田追去。他想,买不到家猪,抓几头野猪岂不更好?

阿根没想到,野猪就在和自己平行的时候,突然一折身冲了过来。阿根想闪开,但迟了,只得往地上一倒,野猪从他的腿上窜了过去。

不待阿根爬起来,野猪又掉头冲来。阿根就地几个翻滚,站起来,跳到野猪一侧,一把抓住它的尾巴。阿根不由大喜——任何猪,只要被他抓住尾巴就插翅难逃。然而就在他准备用力提起野猪尾巴并踢向它前腿的时候,野猪却突然一个九十度转弯直冲向他的裆下。阿根急忙丢下野猪尾巴,从它的身上跳过。

两次交手,阿根都处于下风,不敢应战了,慌忙向山上跑去。野猪"哼哼"叫着,追上来。

到了山顶,山那边是一片悬崖。

野猪跟上来了。阿根一纵身,满以为野猪会冲上并一头栽下悬崖,不料野猪却稳稳地在悬崖边站住了脚,旋即又掉头冲来。好在不远处有一块餐桌大的大石头,阿根奔过去,绕着石头跑。野猪紧追不舍。

十几圈后,阿根的头开始晕眩了,他知道不能再这样转下去了,必须找到一棵能爬上的树。阿根看见山下不远处有一棵碗口粗的树,适合攀爬,就立即跑过去。可是,不知道是因为太紧张还是体力消耗过多,这棵看起来容易攀爬的树阿根却怎么也爬不上。恐惧中,阿根觉得野猪已经到了脚下,咬住了自己的腿脚,锋利的獠牙插进了自己的肉里……

然而,野猪并没有追来,只站在那块大石头旁,仰着头向着阿根"哼哼"大叫,示威一般。阿根抱着树,大口大口喘息着,不敢正眼看它一下。

不知过了多久,野猪连看都不看阿根了,只在山顶上有一无一地拱着土石。阿根转身想悄悄下山,眼前的场景让他蒙了:二十米外,一群野猪,少说有二十头,正虎视眈眈地看着自己。阿根明白了,山顶上的野猪其实一直在

等待援军,以便前后夹击自己。这些向来给人最蠢笨感觉的畜生,原来竟如此凶残狡诈!

阿根知道自己完了,双腿颤抖,脸色惨白,挪不开脚。

好几分钟过去了,野猪群并没有进攻阿根。阿根的心刚刚有些放松,山顶上的那头野猪却慢慢地走了下来,阿根不由地又紧张起来。意外的是,经过阿根身边时,它似乎什么事也没有发生过,径直走进野猪群。接着,在一片"哼唧哼唧"声里,野猪群钻进了树林里。

"野猪为什么会放了我呢?"回到山下,阿根问村民。

一位老猎人说:"当你跑向高处或居于高处时,对野猪来说,你是在向它挑战,它当然不屈服。当你跑向低处或居于低处时,它认为你已臣服于它了,它自然不必再进攻你。"

见阿根满脸疑惑,老猎人说:"这就是野猪的一个特点,虽然凶猛,却从不进攻不如自己或臣服于自己的对手。"

"可对于那一群野猪来说,我是在高处啊……"阿根仍然心有余悸。

"野猪的第二个特点是,"老猎人认真地说,"除非受到攻击,不然绝不会以多战少!"

天鹅优雅

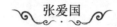

张爱国

一夜无眠。

天蒙蒙亮，我就起床，穿上厚厚的羽绒服，走出门外。这一夜，阴冷多日的天，终于下了雪。细细的雪粒，落在已是一片白的地上，一踩上，就"沙沙"响。

顺着河岸，我漫无目的地走，头脑里还在思考那个折磨了我几天的问题：阿能的困难，我可以帮，也应该帮。没有他当年鼎力相助，就没有我今天的一切。但是，一旦将我的钱借给他，他的病还是治不好，我的钱还找谁要去？手机又响了，不用看，又是阿能打来的——这一夜，他打了无数次。我照例不接，我实在不知道对他说什么。

河面竟然结了冰，往日缓缓流淌的水，已是一片寂静的白，连一丝痕迹都没有。我真的希望自己的心也能这样白，白得毫无杂质。

耳边传来"嘎嘎"声，望去，离我十几米的河滩上，一只野鸭，身上已被冰雪裹覆，只有黑色的头颈在艰难摆动。它为什么不上岸？定睛细看，它的两只腿被冻结在冰冻里。我想过去解救它，可一踏上河面，就听见"咔咔"的声响——河冰还没冻结到可以承受一个人的程度。

我退到一棵树下，呆呆地望着这只可怜的野鸭。我知道，随着雪的越来越大和气温的越来越低，用不了多久，它就会被冻死。

　　头顶似乎有什么响动，抬头一看，一群天鹅，伸着长长的脖子，缓缓而优雅地飞来。飞过去了，领头的天鹅却"啊"的一声叫，转身飞了回来。一群天鹅也飞了回来。天鹅们在野鸭的上空盘旋着，越飞越低，直至轻轻落下。收起硕大的翅膀，天鹅们叫着，迈着优雅的步子，向野鸭围拢来。

　　我暗叫不好。我看过赵忠祥的《动物世界》，天鹅和野鸭是一对天生冤家。它们都在江河湖泊边的浅水、滩涂区觅食，也不知道是高贵优雅的天鹅看不起黑不溜秋的野鸭，还是野鸭嫉妒天鹅，双方常常发生争执，甚至掐架。尤其是野鸭，从来不讲规矩，没有素质，往往天鹅们正在安静、悠闲地觅食或休息，它们却扑腾腾飞来，"嘎嘎嘎"乱叫，强盗般横冲直撞。"秀才遇到兵，有理说不清"，天鹅遇上野鸭，只能无奈地飞走。否则，一旦掐起架来，天鹅的优雅怎能敌过野鸭的蛮横。

　　现在，天鹅们终于有了雪恨的机会，能放弃吗？

　　天鹅们围着野鸭，迈着优雅的步子——这优雅的步子，在此时的野鸭眼里，一定恐怖至极。它左右摆动全身唯一可以动弹的头颈，"嘎嘎嘎"大叫，虽然气势吓人，却无法掩盖它内心的恐惧——或许，它也在为自己和同类曾经的欺人太甚而懊悔吧。

　　不出所料，领头的天鹅突然伸出那坚硬的喙，啄击野鸭的身子，其他天鹅也一哄而上。野鸭先是歇斯底里大叫着，胡乱还击着，可很快就紧缩头颈，一动不动，除了"嘎嘎"惨叫。仇恨真是魔鬼，谁会想到，这群举止优雅的家伙，复起仇来也如此疯狂和丑恶！

　　我看不下去了，低头想寻找石头或树枝来驱赶这群倚强凌弱的天鹅，却忽然觉得野鸭的叫声不再那么恐惧和凄惨，而是似乎有那么些享受的成分。一看，天鹅们已停止了啄击，野鸭也已扇动翅膀了——敢情，天鹅们刚才并不是在报复野鸭，而是在帮它除冰。

　　野鸭兴奋地扇动几下翅膀后，就想走，可是腿还在冰冻里，动不了。天鹅们上前，用长脖子想拉它上来，却毫无作用。

　　雪越下越大，野鸭刚刚的兴奋劲没了，又焦急地叫起来。天鹅们一改优雅的步子,围着野鸭慌乱地叫着,走着。好一会儿,领头的天鹅停下来,用喙狠狠啄击野鸭身下的冰冻。其他天鹅也停下来,围成一圈,啄击冰冻。

冰冻太厚太坚,天鹅们啄了好一会儿,都没有任何松裂的迹象。天鹅们不放弃,不停地啄,越啄越用力,越啄越专注。

领头的天鹅的喙已渗出了血,但只是摆摆头,继续专注地啄击……

终于,冰冻开了,野鸭出来了。天鹅们这才抬起头,它们的喙上,都布满了淋漓的鲜血。它们的身姿又优雅起来,翅膀轻轻一展,长脖子缓缓一伸,"啊"一声,飞上了天空。

飞过我头顶时,一滴天鹅血落在我的脸上,我来不及擦去,掏出手机,给阿能打电话。

假若树能走开

陈　毓

我是一个林场看林人。

在林场还叫林区的时候,我就在这边工作。那时我是伐木工人,后来禁伐了,我的伙计们陆续去山外另谋生路。我实在舍不得林区才会有的这股子好闻的味道,我甚至觉得,若是离开林区,我会死于肺病。于是我设法留下来,用两条贵烟换来了林场看林人这份差事。

我就像一条老狗,除了对故园的忠诚,几乎没有用处。打这比方的是我的场长,他说:"林区要创收,要不你真就活成了一条可有可无的寂寞老狗。"

场长比我年轻二十多岁,他不喜欢寂寞是很自然的,他需要更多的钱也是自然的。好在他的点子比林子里的蘑菇还多。他说,我们要趁市里开发旅游的好势头,让林子恢复禁伐前的热闹。靠山吃山,我们终归要在"山"字上动脑子。

春天,这一带绵延百里的杜鹃花吸引很多城里人来看,一时间蜿蜒的山道上挤满了不辞路远前来赏花的城里人。安静了小半年的"农家乐"也一时火爆起来。王场长眨动眼睛,想出了一条他认为绝好的创意。他找来林区仅存的一名画匠,帮他把创意实现在一张广告牌上。广告牌上画的是一棵枝繁叶茂的巨树,巨树藤萝缠绕,仿佛天宫里的场景。但我知道这棵树在现实中有原型,它的原型是山林中那棵据说有一千九百八十八岁的红豆杉。

一群白颊噪鹛、灰喜鹊、黄臀鹎在红豆杉的枝杈间闹腾，真是生动极了，美好极了。看见的人都夸赞说，这真是张有想法的广告牌。

我们在那个春天推出了一个旅游项目，项目的名称就叫："来吧，来认养一棵永不背弃你的树！"王场长说，我们的项目就是要吸引那些有闲钱、有闲情、有闲时间的城里人来给我们送点钱花。当然，那棵被认养的树在名义上属于认养人，树的归属还归林场，归国家，认领树的人绝对不能砍伐树。这不违背我们护林的职责。

在森林里认养树？亏他想得出来。树又不是孤儿，无须谁来领养。但奇怪的是这个项目一推出，还真吸引了不少人来。来认养树的，有恋爱中的年轻人，有鳏寡老人，有中年夫妇。

第一对来认养树的老夫妇给了我深刻的印象。他们说要认养一棵三十八岁的树，还要那种挺拔的树种。判断树的年龄，对我来说，就像喝一杯苞谷烧般容易，我立即给他们挑了棵三十八岁的梓树。那对夫妇听了梓树这名字，立刻两眼发光，他们说，好啊，梓树，太吉祥了，就梓树。他们还说，原来在古人的诗句里读到梓树，还以为是传说呢。

为啥要三十八岁的树？老夫妇解释，他们有一个儿子，今年恰好三十八岁，但是他们的儿子去了加拿大，年前刚刚拿了一张什么卡，往后是不会回来长住了。现在，他们要在林子里认养一棵不离开的树，任何时候，只要他们来，树总在老地方等他们。他们愿意给更多钱，只要求我们不要使那棵梓树的四周有别的杂木。这要求被我断然拒绝。老夫妇还算讲理，妥协一步，我也妥协一步，我为他们在那棵梓树的旁边，立一块牌子，牌上写：李国衡的领地。李国衡是他们儿子的名字。

杜鹃花快要开的时节，山道上开来一辆红色跑车。跑车风一般刮来，停在林场大门边，从车上下来一个打扮时尚的年轻女人。能接待这样的女人我深感愉快。

年轻女人一开口，我的快乐心情立即像炽热的火盆遭到冰块覆盖。我鼓起勇气问她："您想要我们为您做什么？"同时把我们的项目单递给她。她

摘下眼镜,傲慢地反问我:"你们都有哪些业务能吸引我?"我再次请她看我们的项目单以及一系列认养条款对应的收费价目。她砰一声把那张纸拍到我面前的桌面上,她的举动吓我一跳。我摸摸我的脸,还好,冰冰凉的。我猜,这个很美的女人准是被她的男人甩了,要不哪来这满脸的冷气?我第一次知道,如此美丽、一看就很富有的女人,也可能是不快乐的。

"我能帮您什么,女士?"我尽量和颜悦色地和她说话。我们王场长说,要把每一个顾客,不管是男人还是女人,都当成是我们的上帝。我再次说:"我很乐意为您效劳。"

她说:"你们的广告牌子是真的吗?我看是假的!假的,就是你们糊弄人。我可以告你们。"

我吓出一身汗,辩解说:"广告牌子上的树肯定是真的,我知道它长在哪里。"

"我要认养牌子上那棵树。"她说。

"那棵树长在林子深处,根本没有路通往那里。像您穿戴得这么讲究,是很难走到那里去的,光那些荆棘就够您受的。"我为难地说。

"何况这林子里好看的树多了,您可以选一棵自己够得着的树,这更实际、更有意思吧?"我的口气很真诚。

女人想了想,决定让我帮她挑出这片树林中最高最粗的那棵树,属于她的树总归是要与众不同的。我说:"好,这能做到,您这么不一般的女士,拥有一棵与众不同的树,是应该的。"

女人冰冻三尺的脸总算进入了春天。

女人后来挑了一棵高大的领春木。她说她的名字中有个春字,而她男人的名字中恰好有个领字。领与春,再也不分开!

"不分开!"我肯定地说。尽管心里很不确定,但能使顾客满意是我的责任。半年业务做下来,我发现我再也不是半年前的那个人了,我有点得意,又有点惆怅。

尽管树的名字里包含着领与春,但女人仍坚持要把一句话刻在树身上。

我反对无效。她说人都能文身,树上就不能刻字了?这让我心疼,是原来伐木时都没有过的心疼,真不知道我这是怎么了。

"今生,领永远都不离开春。"这行字现在镌刻在那棵领春木身上,像一道符。

树被文了身,露出白花花亮出芬芳的肉。看得我心惊。

一年后,这种白花花在林子里直晃我的眼。

我下决心离开林区,哪怕被那越来越强烈的死于肺病的忧虑终日笼罩。

尽管不知道能去哪里,我还是打好了铺盖卷。我现在就站在林区中间那条唯一通往外界的曲折小径上。

杨村的花事

陈 毓

　　世界辽阔,我庆幸我偶然抵达了这个叫杨村的小村子。我看见这个僻静村庄的美与好。

　　如果从更高阔的角度,打量杨村,它就是茫茫巴山的一个小小的褶皱,难以识辨、可能被忽略。但是此刻,从我的角度看,杨村是一个小小的平台,台上星散着十六户人家,十五户姓庄。唯一姓杨的那户追溯去却是村子最早的原住民。杨家最年长的男人今年八十二岁了,被村人尊称为杨老爹。八十二岁的杨老爹依然腰板硬朗,头脑和眼光一样清晰,有外人好奇村里故事,看见来者心存诚意,老人有问有答,很有耐心。

　　现在我想说的倒不是杨老爹,是牡丹花。这个村子当然也生长别的花,比如牵牛花、面面花,但要是跟牡丹比,那就,呵呵……杨老爹就是这样笑的。牡丹吗?说来多奇怪,这村子就数牡丹长得好!无论天干天涝,人勤快还是偶尔偷一下懒,牡丹都会自顾自往好里长。这样好的牡丹是咋落户于此地的?是杨家的祖上从外面带进来的。外面在哪里呢?崖畔那棵榭树看见啦?树冠外那三四列淡蓝山影消失的地方。

　　四月的一个早上,我从那三四列淡蓝山影消失的地方走到了杨村村口。汽车能够通过的路在此收束为仅容人过的峡谷,谷长据说是七里,叫七里峡,峡谷是进村的唯一道路。峡谷两边的树木被春天的阳光照耀,复杂而简约地呈现着层层绿——黄绿、翠绿、粉绿、蓝绿，更深的在峡谷的阴影里，是褐绿。单是一个绿，就复杂到如此难以被复述的程度。

我先混熟了一群蜜蜂，同行中有胆小的，担心会被蜜蜂的热情不慎伤害，一个当地朋友决然说，这里的蜜蜂跟美好的事物相伴日久，心念单纯善良，绝不伤害人的。山上树木的香气像一股清凉的水，随微风淙淙流淌，把人心拂得平展。脚步绕过无数道弯，眼前再次豁然，就看见牡丹花，在坡地上、坪坝间、竹栅边、屋舍前，一缕缕、一簇簇、一片片、一团团，如雾、如烟、如霞、如云。有高大如树者，有低矮似灌木丛的，更有攀缘如藤的，向着它羡慕的目标执着地攀爬而去，一路留下花朵的足迹和歌声，心被倏忽而至的美好击中，不得不放慢脚步，暗暗平复着激烈的心跳，笨拙地走在杨村曲折的乡陌上，走向杨村的幽处胜处。

在杨村看见的牡丹花多为粉白，次多是粉红和深紫，偶尔有鹅黄、嫩绿、烟紫杂在粉白、粉红和深紫之间，简净与繁复呼应，十分耐看。

杨村的"牡丹王"长在杨老爹院子里，花树高达六米，我们坐在花冠遮蔽的凉阴中，个个都想扮演华盖下威仪的王。"牡丹王"和一株紫藤互为依偎，枝杈相连，不离不弃。有人联想到太极图的阴阳暗合，说牡丹王为阳，阴柔的紫藤为阴。有人立即反驳，说牡丹王一树多花，花期也比别处的牡丹花期长，开得早，落闭得晚，如此旺健的生养力量，实是母性的荣光，该尊牡丹王为女王才对。人语喧喧，牡丹和藤花落英缤纷。

杨村的牡丹不单是给人的眼睛看的，更是给人的鼻子闻的，这里的人面相清灵，身体也少有疾患，小疾不生，要命的大患来时，会想，人不能扭转的事情，就是天命了，听命于天，人心即安。人心不急不虑时，人身却也偏偏好了。如此想来，天也是偏爱着这方水土这方人的。

牡丹花期过后，杨村依然会覆盖浓郁的牡丹味道，那是家家翻晒牡丹花根——丹皮弄出的动响。丹皮在秋天出售，把所得放进自家的铁皮饼干桶，可以支撑一年的家用。接下来冬天到来，雪把庄子的药香气覆盖住，等到春天积雪融化，那些被覆住的香气再从家家户户种养的牡丹花朵里释放出来。

季节轮转,年复一年。

这两年,乡里实施一村一品农民致富工程,杨村人顺水顺风地勤勉于他们的一品——牡丹种养。现在杨村的牡丹名声响亮,因为春天去杨村看牡丹,是远近城里人的一件乐事。杨村人评价自己说,他们经营的是美好的花事。

杨村不是桃源,也不在世外,杨村在旬阳。我固执地以为我在旬阳呼吸的空气里有我眼睛看不见的淡淡绿,因为旬阳的空气是从亭亭的橡子树,是从丛生的山竹的竹杪上生出的。如果旬阳是一个人,我愿意是他的一个亲戚,跟他保持常来常往的关系。

猎　熊

郭　全

　　父亲四十岁之前,是十里八乡远近闻名的神枪手。那时候国家还没有禁枪,很多农民家里都有一杆鸟枪,夏天时放蚕打鸟,冬天时上山打猎。

　　父亲三十三岁的时候,因为放蚕需要,也买了一杆鸟枪。他想办法收集了很多铅丝铅块,放在饭勺子里面,用灶坑火融化成铅水,将玉米骨子用筷子捅一个窟窿眼,把铅水倾倒在里面,等铅水凝固之后,掰开玉米骨子,用老虎钳子将凝固的铅棒截成一小段一小段的,研磨成小铅球,这样就可以当子弹用,猎杀大型动物了;又找杀猪杀牛的张屠户要了两只牛小腿,留下蹄子上面半尺左右那么一段,用锤子打碎骨头,然后掏空,缝好,上头留一个小孩子手腕粗细的孔洞,阴干,取上好的椴木做一个木塞儿,这样两个弹药袋就做好了。

　　父亲就用这样的武器上山打猎。我小的时候,经常看到父亲和几个当地的邻居,将野猪、狍子、獾子,甚至是黑熊等猎物拖回家。

　　父亲说,打猎,最好打的是狍子,狍子一看到人撒腿就跑,几个人换班跟着雪地上留下的脚印撵,不给它喘息的机会,不出一个星期,狍子就跑不动了。比较难打的是野猪,野猪看到人也撒腿跑,撵上后如果一枪打死或者重伤都好办,如果打成轻伤,那么野猪会掉过头来攻击猎手。最难打的当然要算黑瞎子,那东西经常蹭松树,浑身都是松树油,皮也厚,只能打脑门或者是

脖子下面"V"字形的白毛,打别的地方,五十米开外,只当是给它挠痒痒,而且这畜生会主动攻击人,十分危险。

父亲和几个邻居常常采取"围猎"的方式打狍子或者野猪什么的,就是两三个人在后面追,两三个人绕道在前面堵,追的人会按照设计的路线将猎物赶到包围圈中,由堵截的人把它干掉。但是打黑熊就不能按照这个套路来了,因为那畜生不怕人,不会按照人的思维乖乖跑进包围圈的。所以打黑熊就得用点非常手段。

这个非常手段是老猎手梁老四发明的。梁老四力气大,胆子更大,外号梁大胆,他甚至敢一个人上山去猎熊。他猎熊的手段十分了得:黑熊冬天会找了个山洞(或者树洞)冬眠,而且黑熊冬眠用的洞和它的体形十分接近,也就是说,黑熊腰围有多粗,它就会找一个直径那样粗细的洞冬眠。而且黑熊进洞冬眠的时候,是倒退着进入洞中。梁老四就根据黑熊的这一特点,采取"不入熊洞,焉得黑熊"的方法,端着枪,兜里揣几个小鞭炮或者小石头,爬进熊洞,向洞里扔石头或鞭炮,熊一旦被惊醒,就会气呼呼地爬出来。由于山洞和黑熊的身体一样粗细,所以熊向外爬的时候会很慢,等到熊爬到洞口附近时,梁老四就直接把枪口对着熊脑袋开火,一枪毙命。

这个方法虽然简单、有效,但是风险太大。最大的风险来源于鸟枪本身。这东西不比军用步枪,经常会出现哑火的情况。你想,在熊打个喷嚏,唾沫星子都会喷到脸上的距离,枪哑火了,猎手会怎样?

父亲他们多次劝过梁老四不要用这个方法打黑瞎子,但梁老四根本不听劝,他说:"我用这办法都干掉十一头熊了,我就不信遇到第十二头黑瞎子,手里的家伙会不给面子。"

嘿,没想到,一语成谶。那天,父亲他们发现了一处熊洞,这也是梁老四即将干掉的第十二头黑熊。梁老四说了一句:"我来干掉这家伙!"说完,他端着枪,揣了两块小石子,上半身就探进了熊洞。

父亲他们都在等着枪响,然后看着梁老四眉飞色舞地爬出洞,扯着大嗓门吼一嗓子,下命令似的指挥父亲他们把熊拖出山洞。但是,这次父亲他们没有等到枪响，他们只听到黑熊呼哧呼哧的喘气声越来越近，忽然听到梁老四大喊："哑火了！"父亲他们几个迅速地冲过去，还没来得及拽着梁老四的腿把他拖出熊洞，就听到黑熊惊天动地般的一声大吼，然后梁老四也是地动山摇般的一声大吼，紧跟着，梁老四爬出熊洞，手里的鸟枪也不见了，滚倒在熊洞旁边大口大口地喘着气。一头硕大的黑熊，满嘴是血，嘴巴外面露出半截枪托，爬出熊洞，奔着梁老四扑过去，没走几步，一头栽倒在雪地上，死了。

父亲他们一时蒙了，等反应过来一看，原来在黑熊大吼的那一瞬间，梁老四拼尽全身力气，把整个鸟枪都塞到黑熊肚腹里去了。估计是捅坏了五脏，导致黑熊当场死亡。

梁老四吓得够呛，浑身禁不住地抖，父亲他们一个人扶着梁老四，其余的人拖着黑熊下了山。整个村子都轰动了，人人都说梁老四确实够大胆！

但是梁老四从那以后，再也没这样打过黑熊。他跟父亲说，黑瞎子的那一声大吼，也让他吓破了胆，有时梦见那头黑熊，还止不住地抖哩。

无法兑现的合同

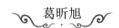

葛昕旭

　　老孔是一名教师。

　　十年前,老孔自己要求调到了偏僻的月亮岩村。

　　老孔来的那年,学校对面的鸡公山上除了鹅卵石,其余啥也没有。老孔每天放学后一个人没事就去山上捡鹅卵石。捡了一段时间,老孔的心里慢慢地就有了想法。老孔开始有规律地捡。东捡一堆,西捡一堆。山坡上不久就捡出了一些空地。那时,谁也不知老孔要干啥。

　　一个月后,老孔开始挖坑时,村民们终于反应过来:老孔要栽树。

　　不久,山上就出现了星星点点的一些绿色。在微风的吹拂下,那些小松树东倒西歪的,一副弱不禁风的样子。老孔栽完最后一棵松树苗,扶着锄头,擦了擦汗,心里竟有了一种胜利者的滋味。

　　那天晚上,老孔还特意去村里的小卖部买了一瓶沱牌大曲。

　　后来,老孔的日子开始过得有滋有味,没事就去山上转转,除草,施肥,浇水。小树苗慢慢地长大了。老孔的心里,每天都灌满了喜色。但忽然有一天,村主任把老孔叫到了村委办公室。村主任拿出一份文件,在老孔的面前晃了晃,说,那鸡公山是村里的地,那山上的树木肯定也是村里所有,现在,村里准备把那些树苗全部收回!但考虑到老孔前段时间的辛勤劳动,决定付给老孔一笔补偿费,问老孔有啥意见。

老孔彻底地愣住了,望着村主任,傻子似的没说话。

村主任咳嗽了一声,也没看老孔,自顾自地说,这是村里研究的,并不是哪一个人的意见,希望老孔能理解。说完,拿出报纸包着的一沓钞票摆在了老孔的面前。

老孔看了一眼,沉默了一会儿,说:"这钱我不要。"然后,拉开门,头也不回地走了。

几天后,村主任在鸡公山上召开了村民大会。村主任首先宣布了山上的树木归村里所有,谁也不能乱砍滥伐。说完,村主任看了看大家,又说,经过研究,村里决定把鸡公山承包给私人,有意者可以投标。承包期十年,标底一万元。村主任一说完,大家立马就闹哄哄地嚷了起来。

那天,老孔也参加了会议。老孔坐在那里,面无表情。

但最后的结果,竟是老孔以三万元的承包金得到了整座林子。

十年后,老孔真的老了。老孔早就退休了。退休后,老孔在林子里建了一座小木屋,每天没事就在林子里逛逛,看看。那时,山上的松树,也全长成了碗口粗的大树。那细如牛毛的松针,掉在地上,厚厚的一层,仿佛铺上了一层绒绒的地毯。老孔踩在上面,听着松涛阵阵,心里特别舒坦。

有时,老孔还会像一个顽皮的孩子,躺在松软的松针上,头枕着手臂,仰望着高高在上的蓝天,看那白云飘来飘去。

那天,老孔刚一躺下,身子里一下就有了种异样的感觉。老孔听着鸟鸣,呼吸着清新的空气,脑里慢慢开始恍惚起来。老孔仿佛看见了去世的老伴。老伴正微笑着向他姗姗地走来。老孔忙爬起身,向老伴来的方向猛扑了过去。

第二天,村民们发现老孔的时候,老孔已静静地躺在了一个土坎下。

后来,在处理老孔的后事时,村主任从小木屋里发现了那份折叠得规规矩矩的合同。合同里有一个存折。存折里夹着一张纸条。纸条上写着:"这里面的钱,先拿出三万元支付承包款,其余的拿来维修学校。另外,这些树木就送给村里了,希望大家好好地保护,千万不要乱砍滥伐。"

村主任转身看了看屋外,慢慢地把手中的合同撕得粉碎。

村民们站在旁边,全木在那里,谁也没说话。

此时,屋外林涛轰鸣,山风呜呜地吹。

熬　鹰

吴万夫

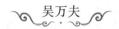

　　大别山绵延数百里,到孙铺镇杏山时,一派莽莽苍苍。林深叶茂,遮天蔽日;鹞鹰盘桓,兔走狐奔。古老神秘的杏山里藏着无限生机。仓爷是生活在杏山脚下的一个老猎户,也是方圆百里唯一的熬鹰能手。不知从什么时候起,仓爷的腿脚已不再灵便。提一杆猎枪,为追撵一只兔子或是狐狸,穿梭在丛林里疾走如飞,已是遥远的事情了,却成为他永久的回忆。

　　仓爷现在唯一能做的,就是守在家里熬鹰。熬鹰是一件颇为苦累的活计,几天几夜,人与鹰就那么对峙着,不吃不喝不眠,直至一方最终败下阵来,才宣告熬鹰的结束。一场活儿下来,开始还桀骜不驯、斗志昂扬的鹰,这会儿羽毛凌乱,蔫头耷脑;熬鹰的人也眼布血丝,形容憔悴,走路不稳,几天都缓不过劲儿来。可以说,熬鹰,拼的是心劲,是一种精神的较量。

　　仓爷七十三岁这年,在杏山上又逮住了一只鹰。这只鹰,个头虽不大,但野性十足,自仓爷逮住它的一刻起,就没有消停过。在笼子里上蹿下跳,左冲右突,扑腾挣扎,试图逃离笼子的束缚。仓爷递给它水和羊肉,它睬都不睬,扇着翅膀,带起很大的风,甚至将仓爷手中的碟子打翻在地。几天过去了,这只鹰的野性丝毫无减,仓爷伸手探进笼子,想摸摸它的羽毛,猛不防被它铁钩一样尖利的喙拉下一道深深的口子,顿时流血不止。仓爷在心里说,真正碰上了强劲的对手啦!

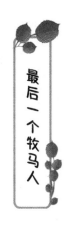

熬鹰是从这天夜晚开始的。仓爷用一条铁链子将鹰拴在一根悬挂的横梁上,横梁摇摇晃晃,鹰就在上面不断地来回扑腾。仓爷说,横梁晃动,让鹰在上面不停地运动,可以消耗掉身上多余的脂肪,更利于以后捕猎。

仓爷手持一根棍子,守候在鹰的面前。熬鹰的日子里,是不给鹰任何吃食的,哪怕是一滴水。仓爷也是不吃不喝,一直陪着鹰熬下来。熬鹰,就是要磨掉鹰的野性,让野性十足的鹰,最终对人服服帖帖,随时听从人的召唤和役使。仓爷时刻观察鹰的一切。那鹰,精力充沛,斗志昂扬,没有丝毫就范的意思。它紧紧抓住来回晃悠的横梁,用铁钩一样尖利的喙,不断啄击腿上的铁链子,每啄击一下,喙与链子都会发出金属撞击般的声音,异常刺耳。鹰似乎意识到,它的自由,是与这根铁链子联系在一起的,只有啄断腿上的链子,才能重回蓝天,自由翱翔。鹰执着地啄击着,每啄击一下,都像啄击在仓爷的心上,让他担心鹰随时都会啄断链子,摆脱束缚,一冲九霄。仓爷还看到,由于不断啄击,力度太大,血已从鹰的嘴和鼻孔里流出,结成了黑色的痂。

后来,鹰在横梁上停止了无谓的挣扎,开始拿眼睛盯这屋里的一切,扫视了一圈,最终将眼睛停留在仓爷的脸上。如豆一样金黄色的鹰眼里,闪烁着深深的仇意,隐隐还有一丝迷茫。仓爷感到,鹰的眼睛在与他碰撞的瞬间,似乎要啄透他的五脏六腑,洞穿他的一切。熬鹰几十年了,仓爷从没有发现有哪只鹰用这样的眼神看人,仓爷的身子不由震颤了一下。

仓爷感到自己明显地胆怯了,做了亏心事似的,赶紧低下了头。仓爷想,是自己老了吗?不!即使年迈,自己也要坚持把这只鹰熬下来。仓爷自从逮住这只鹰后,就喜欢上了它,他决定熬完这只鹰后,就"金盆洗手",给自己的熬鹰生涯圆满地画上句号。他不相信,自己熬了几十年的鹰,如今却要败在最后一只鹰面前!

仓爷很快调整了一下自己的心态,又勇敢地迎上鹰的目光,和它对视起来。仓爷和鹰,就这么一直久久地对视着。也不知过了多长时间,那鹰终于架不住仓爷的目光,困意袭来,几欲闭上眼睛。仓爷清楚,此刻到了熬鹰的关键时刻。那鹰每次夺拉下眼皮,仓爷都用手中的棍子拨弄它,让它始终无法闭上眼睛。仓爷这次看到鹰的身子开始战栗了,眼里流露出乞怜的神色。仓爷伸手抚摸鹰的头时,鹰不再挣扎,没有了先前的凶悍,一动不动,任凭仓爷的手顺着它的头滑下,一直抚摸到它的脊背。金色的眼睛里,透出温和柔顺的光。仓爷知道这是熬鹰成功了。在一阵欣喜中,连日来紧绷的神经,突然放松下来,让他有一种虚脱般的感觉。正待仓爷转身欲拿羊肉喂鹰时,扑通一声,他重重地摔倒在地……

也许,七十三是个坎儿,仓爷熬败了鹰,却最终没有熬过自己。那鹰,每天盘桓在仓爷的坟头,长唳着,不忍离去。没有人知道,一只被驯顺了的鹰,一旦离开了人,该怎样生活。

风　景

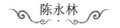

陈永林

"莉莉、玲玲,你们爸爸的船搁浅了,快去拉船。"母亲的语气很急。

秋天的雨水少,鄱阳湖的水位低,船老是搁浅。

船上装的沙,沉。

莉莉、玲玲与母亲把长裤脱了,下了水,三个人把绳搭在肩上,身子弓成直角,低着头,往前挪。

正是黄昏,红彤彤的太阳一点点往鄱阳湖里坠,天上的云变成橘红,继而变为浅红,然后变为黄色。湖面也变得绚丽多彩起来,因为它是活动的,有鱼群在云彩里游来游去。船挪动时,黄色的火焰闪烁着、滚动着,散失了,后面的火焰接着涌了过来……湖面上有一群觅食的鸟鸣叫着、盘旋着。

三个女人的头发笼上了一层橘黄的光晕。

湖两岸是陡峭的山,山上满是枫树,枫叶红得似火,风吹来,成片的火焰欢快地跳跃。

"真美!"徐建兴奋地喊,手里的照相机不停地"咔、咔"响。

后来,徐建从里面选了一张取名为《风景》的照片,参加全市摄影大赛,不料却拿了金奖。照片刊在日报、晚报上,还被网友贴在各大网站上。

许多人慕名而来,都对此处的风景赞不绝口,只是感到遗憾的是没有纤夫。

村主任便让莉莉、玲玲当纤夫。不过船上装的不再是沙,而是稻草,稻草拿麻袋装着。游客不知道里面装的是稻草。

村主任又把徐建那张照片制成宣传画,竖立在湖滩上。

来这儿看风景的人络绎不绝。

游客让村人的日子逐渐好过起来。有的村人在湖滩上摆起小摊——有卖小吃的,有卖玩具的,有的村人在湖上摆渡,让游客坐在船上观看湖两岸的风景,有的村人在家开起了饭店、旅社。

许多村人都不理解,城里人为啥跑到这个鸟不拉屎的地方来。莉莉和玲玲也渐渐讨厌拉船了。村主任为吸引游客,让她们穿仅能包住两瓣屁股的裤头,上身的衣服也短得只遮住了胸部,白花花的肚皮全露在外面。村主任还让她们拉船时唱歌。她们的声音脆甜甜的,尾音在湖面上荡来荡去。姐妹俩也讨厌那些游客,她们不理解拉船有啥好看的。

徐建对姐妹俩说:"你们用自己的辛苦为游人制造风景,给游人带来了美丽享受。"

莉莉说:"游人的快乐就建立在我们的痛苦之上?"

徐建听了莉莉的话,怔住了,许久才说:"你说的不是没有一点道理。游人眼里的美丽风景,在你们制造风景的人眼里是生活的负累。"

玲玲说:"我听不懂你说的话。"

村里又成立了歌舞队。歌舞队的女孩年龄都小,都是二十岁以下的女孩。村主任从城里请来了一位老师教歌舞。女孩穿起短得不能再短的衣服,胸脯都遮不住,一半露在外面。女孩跳舞时,游客的眼睛便黏在女孩欢蹦乱跳的胸脯上。

女孩一天到晚循环演出。

后来有的女孩经不住金钱的诱惑,同游客做出出格的事来。

许多游客都是冲着这群能歌善舞、嫩得滴水的女孩来的。

再没人看莉莉和玲玲的拉船表演了。村主任便取消了姐妹拉船的节目。姐妹便加入了歌舞队。在歌舞队挣的钱比拉船挣的钱多很多。由于莉

莉和玲玲长得好看,皮肤又好,身材又好,身上该鼓的地方尽情地鼓,该凹下去的凹得极到好处,因而很多男游客都喜欢莉莉和玲玲,都点她们的歌舞。也有许多男人围着姐妹俩献殷勤。

姐妹俩都很快有了男朋友,都先后由女孩变为女人。

只是姐妹俩的爱情开花了,却都没结果。两人的肚子先后大了起来,两人的男朋友却永远地在她们的视线里消失了。

莉莉去了医院做人流手术。从手术台下来后,莉莉就疯了。

玲玲挺着肚子跟着一个四十多岁的男人走了。

村人大都富了。村里清一色三层、四层的楼房。歌舞队的许多女孩都成了莉莉和玲玲。但许多年轻女孩又加入歌舞队,最小的女孩仅十四岁。

徐建背着相机又来了,他想再拍一幅《风景》,他举起相机,许久却无法按下快门。

湖面上飘满了塑料袋、易拉罐等垃圾。湖水发黑,再看不见鱼,湖上也没一只水鸟。连天上的云也是黑的。湖两岸的枫树没了,取而代之的是一幢幢房子。

村主任来了,紧紧握住徐建的手说:"我们村的恩人来了,这风景不错吧,比原来美多了。走,去鄱阳湖酒店吃饭去。吃完饭我带你泡泡脚,然后洗个盐浴……"

徐建摇摇头,说:"不,我不是你们村的恩人,是你们村的罪人。"

消失的沙龙兔

陈永林

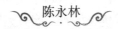

生活在沙漠中的动物,都有寻找水源的特殊本领。沙龙兔是寻找水源的佼佼者。

沙龙兔想喝水时,便拣一高处,迎风而立,头昂起,鼻翼不停地抖动,深深地吸气。空气裹着水的味道扑鼻而来,沙龙兔根据水或浓或淡的味道,能判断出水源的远近。

方圆十公里地方的水源,沙龙兔都能找到。

由于沙龙兔肉质鲜美,据说又有滋阴壮阳的功能,因而一些人想尽办法捕捉沙龙兔。但沙龙兔极聪明,一般在洞口边上觅食,一有风吹草动,便钻进洞逃之夭夭。沙龙兔一进洞,人就拿沙龙兔一点办法都没有。沙龙兔在地底下挖掘了迷宫样的洞,洞口也有好几个。

即便这样,但莫克却是捕捉沙龙兔的好手。莫克捕捉沙龙兔时,从没失过手,有几回竟一次捕捉到十几只。村里的人觉得怪,自己怎么捕也捕不到沙龙兔,而莫克一捕就十几只?村人要莫克传授捕捉沙龙兔的方法。莫克却说没有。村人自然不相信。有一回,莫克出门捕沙龙兔,有个人一直蹑手蹑脚地跟在莫克身后。就这样,莫克捕沙龙兔的方法一下传开了。所有的人都照莫克的方法捕沙龙兔。

莫克说,都这样捕沙龙兔,沙龙兔会绝迹的。莫克再没捕捉沙龙兔。莫

克呼吁人们别用这种赶尽杀绝的方法捕沙龙兔,但没有一个人听莫克的。

此后好长一段时间,再没人捕到过沙龙兔了。

已收手的莫克想验证沙龙兔是不是真的绝迹了,重新拎起盐罐。一连几天,莫克都是空手而归。但莫克不灰心,他不愿相信再也见不到沙龙兔了。

这天,莫克又拎了个盐罐出了门。

莫克找到了一个小水坑,水坑里最多只有一脸盆的水。莫克把一罐盐全倒进水坑里了,拿根棍在水坑里搅拌,让盐溶化。然后在一座沙丘后坐下来守株待兔。

莫克捕捉沙龙兔的方法很简单,却很有效。跑了十几里的沙龙兔早渴得奄奄一息,见了水就喝。哪知喝了放了盐的水,更渴,便喝更多盐水,便加速了死亡。

正当莫克绝望时,竟来了一只白沙龙兔。白沙龙兔仅喝了一口水,便不喝了。这也是白沙龙兔活到现在的原因。但它实在太渴了,渴得走路都没力气,步子摇摇晃晃的。莫克知道白沙龙兔过不了多久就会昏倒在地上,若再不喝水,就会同别的沙龙兔一样死去。莫克悄悄地跟在白沙龙兔身后。若白沙龙兔发现了莫克,一定会逃窜,那样会立即倒毙在地上。莫克不想白沙龙兔死,他想抓活的。

白沙龙兔昏倒在地上时,莫克追上去,拿瓶水往白沙龙兔口里灌。

莫克收养了白沙龙兔。

有人出高价买白沙龙兔。

莫克说:“你给座金山我也不卖。”

想买白沙龙兔的人觉得怪:“你以前不是也卖了那么多沙龙兔吗?”

莫克说:“这只我有用。”

想买兔的人还是不明白:“有啥用?”

莫克说:“找水源。”

莫克平时做些小买卖,一个月上一回城卖收来的天麻、甘草等药材。进

城得在沙漠里走两三百里。尽管带一大桶水,但也有意外的时候。如在路上遇到沙尘暴,骆驼迷了路,那样水就不够。这时就只有让沙龙兔找水。只要能找到水,就啥也不用担心。

这回,莫克把几麻袋药材放在骆驼背上,带上白沙龙兔出发了。

但骆驼喝水时,竟把水桶碰翻了,水泼了一地——不够喝了。

莫克不给白沙龙兔喝水。

白沙龙兔渴得难受,一定会去找水。

白沙龙兔找水时,莫克一直跟在白沙龙兔身后。

终于找到了一处水源。白沙龙兔喝了一口,便不会喝第二口了。原来水是咸的,被人放了盐。

后来白沙龙兔又找到了一处水源,水仍是咸的。

莫克心里便慌了,再找不到水,那只有死路一条。桶里再没一滴水了。

白沙龙兔在前面走,莫克在后面跟。

都没力气,脚步歪歪斜斜,深一脚浅一脚的。

太阳却极毒,毒得火一样。

鼻　疾

游　睿

　　发现自己鼻子有问题，是成立到了乡下以后的事情。

　　成立是个地地道道的城里人。从小头顶城市的天，脚踏城市的地，中间还放肆地呼吸着城市的空气。这样生活了几十年之后，成立突然觉得没意思，想到乡下去看看。据说乡下山清水秀，能颐养身心。

　　好不容易找了个假日，成立开着自己的越野车，在导航的引导下来到了一个不知名的乡村。此时正是阳春三月，漫山遍野大片大片的绿，大片大片的红，让成立目不暇接。车开过一条林荫小道，伴随着画眉的吟唱，成立的眼前豁然开朗：前方，竟然是一片看不到尽头的油菜花，黄灿灿的花海，足足上百亩。

　　成立再也按捺不住自己心中的喜悦了。成立从小就喜欢油菜花，尤其爱闻油菜花的香味，为此曾经在自家的阳台上种过几株，扑鼻的香味常常能让他遐想无限。于是，他一个急刹车，顾不上拿精心准备的相机就跳下车，想把自己彻底融入油菜花的海洋。

　　成立身处花丛中，紧闭双眼，然后深深地呼吸了一口空气。他以为，这花海里浓郁的香味会让他飞起来。

　　但是，成立马上就失望了。他的鼻子里，什么味道都没有。成立以为是自己刚进入花海，不适应。于是他揉了揉鼻子，再闻，依旧什么味道都没有。

100

成立急了，难道以前闻油菜花香多了，对这种味道熟悉得没感觉了？成立马上往回跑，就在路上成立遇到了一个人。一看就知道，这个人是个菜农。菜农挑着一担大粪，正往油菜地里走。

成立对菜农说："老乡你好。"

菜农被突然冒出来的成立吓了一跳，赶紧站住脚。谁知这一站，菜农桶里的大粪就荡了出来，险些溅到成立身上。菜农赶紧俯下身说："对不起，太对不起了。这么臭的大粪，先生你还是站远点好。"

"臭？"成立揉了揉鼻子，赶紧问，"你说你大粪臭，我怎么一点也闻不到臭味？"

"不会吧，"菜农抱歉地笑了笑说，"看得出先生是城里来的，你们对乡下的东西感到新鲜才这样说的。可是这粪真的很臭。"

"可我真的闻不到。"成立更急了，心想：如果说闻不到油菜花香是以前闻多的缘故，可闻不到大粪的味道怎么解释呢？难道我的鼻子出问题了？

成立马上跑回车里，车里有一瓶空气清新剂。他用力喷出几股，再用力呼吸。但是他再一次失望了，他的鼻子依旧什么气味都没有闻到。

"我的天哪。"成立痛苦地尖叫起来。本想到乡下来体验一下鸟语花香，结果竟然让自己的鼻子失去嗅觉了。早上走的时候，鼻子都没有问题，还闻过自己身上的古龙香水味。可现在怎么就变成这样了呢？成立觉得自己要疯了。

成立用力地敲打着车门，这时有人拉住了他。是刚才那个菜农。

菜农说："先生是第一次到乡下来吧，你莫急，或许我儿子能帮你。"

"你儿子，他能帮我治鼻子？"成立有些意外。

菜农说："我儿子能行的，他可是我们村的大学生，刚从城里读书回来。"

成立看了看菜农，想着"死马当成活马医"，试一试也无妨。成立说："那麻烦您带我见见他。"

"你等着，他就在附近。"说完，菜农吆喝了一声，就从一个农家院子里跑出来一个戴眼镜的年轻人。

年轻人很有礼貌地和成立握了手，然后说："鼻子出问题了吧？"

成立大吃一惊，他怎么会知道，并没有人告诉他呀。

年轻人笑了笑，又说："先生不必吃惊。你这种情况我以前也遇到过，很正常。你只需要在我这里买一瓶东西，闻一下，你的嗅觉马上就会恢复。"

说完，年轻人就掏出一个小瓶子晃了晃。

"五十元。"年轻人又说。

只要能治病，五百元也行。成立掏出钱，马上抢过那个瓶子，吸了一口。接着，成立就闻到了自己身上扑鼻的空气清新剂味，成立走了两步，又闻到了菜农桶里的大粪味，接着就闻到了油菜花沁人心脾的香味。

真是奇了，成立跳了起来，还真灵。但成立马上就板起了脸，他冲到年轻人身边，一把揪住他的衣服，生气地问："这瓶子里是什么？这里面是不是有什么阴谋？"

"瓶子里装的，是臭蛋。"年轻人很从容地说。

"还想忽悠我？"成立更生气了，"臭蛋能治疗鼻子上的病？我没那么傻。"

年轻人笑了笑说："没有臭蛋还真不行。几乎每一个从城里来乡下的人都会遇到你的毛病，很正常。"

年轻人又说："我在城里读大一那个暑假回家后，同样什么都闻不到。找了很多医生都没找到原因。可是我一回城里嗅觉又恢复了。后来，我思考了很久，终于找到了解决问题的办法。"

"到底怎么回事？"成立松开了手，有些糊涂了。

"其实很简单，你们在城里天天闻的，不都是臭蛋的味吗？你们的鼻子已经习惯臭味掩盖下的所有味道，离开臭味自然什么都闻不到。"说着，年轻人掏出了一张名片，笑笑说，"我已经毕业了，现在到乡下来玩的城里人越来越多，我就在家专门卖臭蛋，下次来请提前预约。"

成立张大了嘴巴。

望　水

蔡　楠

　　舅妈风风火火地跑进了水文站，气喘吁吁地对我说："你大舅的老毛病又犯了，你快去看看吧！"

　　我那时正写水情汇报，就不在意地说："不就是在大桥上望水吗？你让他望去，反正他也快望到头了！"

　　舅妈把我从椅子上一下子拉起来，说："这次不一样，他都爬到桥栏杆上了，你再不去劝他，他就跳下去了。"

　　我赶紧随舅妈出了水文站。在枣林庄大桥上，我看到了大舅笔直地立在桥栏杆上，消瘦的身体立成了一株风中芦苇。春天的阳光已经膨胀出干旱的气息，像夏天一样炎热。大舅那一头从年轻时就花白的短发，在阳光下折射着眩目的光芒。他一动不动地望着远方，把自己望成了一尊神像。桥上桥下站满了看热闹的人。

　　我知道大舅的犟脾气。白洋淀水势浩大的年代，他辞了公职，从城里回到了老家。大舅说，他喜欢水乡的长堤烟柳，水月桃花；他喜欢淀里的苇绿荷红，鸟飞鱼跃；他还喜欢船上的渔歌互答，炊烟袅袅……大舅就傍水而居，一屋一船一妻，后又有一儿一女一孙。水乡成了大舅的栖息地，水成了大舅的魂儿。可是后来白洋淀说干就干了。水干了，鱼没了，鸟飞走了，荷花开败了，芦苇干枯成了麦苗。大舅的船就翻扣在了干裂的淀底。许多人都刨

了芦苇,种上了玉米大豆和高粱。大舅却立在千里堤上,立在枣林庄大桥上,透过绿油油的庄稼地眺望远方。

舅妈看着别人的收成眼馋得不行,整天不停地嘟囔:"我看你别叫旺水,干脆叫望水得了!"

大舅摸摸一头花白的短发,瞪着眼说:"望水就望水。望水有什么不好?"

好是好,可水终究没有望来。大舅不是老天爷,也不是龙王爷,更不能让黄河之水流到白洋淀来。可大舅能在白洋淀挖出水来。他请来了城里的打井队,在自家承包的苇田里挖了一口池塘,用井水养起了鱼。

大舅对舅妈说:"八月里卖了这一池塘鱼,就够咱儿子上大学的学费了!"

大舅和舅妈就整天守在鱼塘边,像守护着儿子一样。

一天早上,大舅却看见鱼塘里的鱼都浮上来了,而且还把白花花的肚皮翻给他和舅妈看。大舅很纳闷儿,心说:"这鱼也通人性,是不是想上岸和我说说话啊?"

等他捞上两条鱼一看,他惊叫一声,一下子就昏了过去。

那是一池白花花的死鱼。

还是舅妈心细,她沿着鱼塘转了一圈儿,发现在靠近一片玉米地的边缘,有一股污黄的水流进了鱼塘。溯流而上,舅妈穿过枯萎的玉米地,走了不远的一段路,就看见了堤坡上冒着黑烟的造纸厂。

大舅一纸诉状把造纸厂告上了法庭。在等待判决的日子里,大舅望水的瘾越来越大了。后来严重到几天不吃不喝,也不说话,不回家,一年四季没日没夜地围着白洋淀转悠。转悠累了,就定定地望着远方。望得日沉红影无,望得风定绿无波。

舅妈就长叹一声:"这老头子已经不是人了,他早就丢了魂儿了!"

只有我知道大舅的魂儿丢在了哪里。

水利大学毕业以后,我被分到了白洋淀枣林庄水文站。我开始一步一

步走进我大舅的世界。我发现大舅也不是天天那么面无表情地瞎转悠。只要一提到水,甚至只要阴天下雨,大舅的魂儿就暂时回来。在大舅丢魂儿的那些年里,白洋淀也时不时有过水,有的是上游水库放的,有的是从外地买来的。但终究没能找回往昔水天一色的浩渺。我把关于水的信息报给上级的同时,也报给大舅一份。大舅听完我的汇报,总是领导一样点点头,眼睛放射出仍然有魂儿的光芒。然后就来到他的船前,刷油漆。大舅刷完船,又刷自己。大舅就成了一个漆人。

直到如今,水没有托起大舅翻扣在淀底的船,白洋淀边的这个漆人,也没能再度扯起风帆。他仍然痴迷在望水的境界里。

不过今天,我想我能唤回大舅的魂儿。我挤过看热闹的人群,来到大舅跟前。我把手里的一份红头文件举过头顶,大声喊道:"大舅,来水了,来水了,黄河水马上就要引来了! 淀水高程今年会达到七米呢!"

大舅没有回头,却说了话:"我知道,那是我望来的天上之水。看,水已经来到我的船前了,我要去开船了!"

咚的一声,大舅从桥栏杆上跳了下去。桥上那株风中芦苇,又变成了活生生的男人。

我知道,大舅的魂儿又回来了。

清 潭

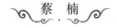
蔡 楠

陈大臣

我的门是在清早被擂开的。我在睡懒觉。一天一夜的车轴雨把乡村公路浇得像面条，下不了地，出不去门，你说不睡懒觉干什么？可门被擂得山响，这懒觉就睡不成了。我打开门，就看见了那个胡子拉碴、一脸凶相、花格衬衣上沾满了泥水的人。还没等我说话，那人就嚷嚷："我姓冯。走啊，是人的就跟我走，救人去，救人去！"

我就跟着他走了出来。邻居们也跟着他走出来。我们就看见一辆四个圈的奥迪像只蛤蟆一样扎在了村边的道沟里。车门被卡住了，司机卡在方向盘和驾驶座位之间动弹不得。我和邻居们走到近前，看清了牌照和人，我们转身便往自己家门口走去。

"别走啊！推车推车，不能眼睁睁见死不救！"姓冯的踩着齐脚踝的泥赶过来。

"里面的人有钱，让他花钱找别人救吧！"我说。

"是啊，他马大能耐不是很有能耐吗？怎么就能耐到沟里去了？"邻居们说。

姓冯的张开双臂拦住我们："见死不救也判刑。不管里面的人是谁，今天一定要救。我是新来的乡长。谁走，看我以后怎么收拾他！"

我们停下，互相望望，又一起望着面前的汉子。

"望什么望？不像乡长？瞧，那是我的行李，我今天上班第一天就遇到了这个！"

我顺着他的手指望去。我望见了奥迪后面戳着一辆破旧的摩托车，车上真的绑着被褥、脸盆什么的。不过，早就被泥浆糊住了。

"我向大伙儿保证，我上任后要干的第一件事就是修好这条路！但这个人必须先救！"冯乡长的眼睛瞪了起来。那件花格衬衣簌簌地往下掉着泥片子。

我们就把马大能耐救了上来。

冯乡长没说虚话，通往省国道的这条路他果然修了。四米宽，半尺厚，路面硬化得很好。最让人惊讶的是，修路没动乡里一分钱。是他找马大能耐赞助的。马大能耐是乡里一家造纸厂的老板。听说冯乡长找他拉赞助是走着去的，十几里地，只拎着一瓶衡水老白干。一瓶酒喝完，冯乡长晃晃悠悠回到了乡政府。第二天资金就打进了乡户头。

公路成了人们的眼珠子，冯乡长也成了乡里的心尖子。

宋希望

说实话，我很看不惯冯乡长的样子。粗粗拉拉，咋咋呼呼，不修边幅，似乎永远穿着他那件旧花格衬衣四处晃荡。可人家是领导，看不惯也得伺候人家。我在乡党政办工作。我的本职工作是写材料。可郑书记还让我负责给冯乡长打开水、拾掇卫生。在家里都是老公伺候我，在单位却伺候别人的老公。真是没了天理！

那天，我赶写一篇关于建设文明生态平衡村的汇报，熬了个夜，起晚了，等到把孩子送幼儿园后，就迟到了。我赶紧先去冯乡长那里，办公桌上铺满

了资料,他正一边翻阅书本,一边嚼着方便面吃。那吃相像个孩子。

我嗫嚅着说:"乡长对不起,我迟到了。你看,卫生也没有整,开水也没有打!"

冯乡长头也没抬,继续翻阅书本,呜呜噜噜地说:"没事!"

我赶紧拿起暖瓶想去锅炉房,冯乡长却把我叫住了:"宋希望,以后你不用管我了,你好好写材料吧!我又不是小孩子,自己能照顾自己!"

完了!乡长记仇了!我心一凉,空暖瓶掉在地上,碎了。

我等着乡长给我穿小鞋,等着乡长调我走。这一天终于来了。那是一个周末,我还在给书记写讲话稿。冯乡长把我叫到他屋里,摸着胡子拉碴的下巴对我说:"你提前回家吧!"

我小心地问:"为什么?我可是很努力啊。书记周一的讲话稿还没写好,你怎么能让我回家呢?"

冯乡长揪下来一根胡子,说:"我做了一个调查,每天下午下班前是你们最紧张的时候,赶着回家,赶着挤车接孩子,你有好几次都因为晚接孩子被老师批评了。所以,从今天起,你们有孩子的女同志可以提前一小时下班!早早回家喂孩子,洗衣服做饭,孝敬爹娘,孝敬公婆。你去下个通知吧!"

"那材料呢?周一书记还要讲话呢!"我说。

"拿来,我写。"冯乡长坐在了办公桌前。

那天晚上,我对老公说:"我们冯乡长是最有派的男人,他的花格子衬衫是乡里的一道风景!"

郑布林

我倒真小看了小冯。这家伙很有两下子。现在看来,我把他要来大湾乡当乡长是要对了,也是要错了。

我本来是想要个有能力的好帮手。可这家伙能力是有,却不能帮我的忙,还净给我添乱。暂不说他修路和自己搞个人崇拜的事了。就说眼下马大能耐造纸厂的事情吧。虽说你救了人家的性命,可也让人家出资修路了啊。按说这关系应该越处越好,可他不,现在又要让人家停产改造。

马大能耐不干了,他找到我这里来告状。他说:"郑书记,你看我可是给咱地方上做了贡献的人哪,税我一分钱也没少拿,修路捐款我可是哪回也不耍滑。你看冯乡长这人硬是和我过不去,他把我都整到县里了。环保局来找我,让我停产整治废水排放系统,要整顿半年呢!要是这样,我干脆关张得了!"

我急了。我把小冯找来。我问他:"小冯,这么大的事你也不和我商量一下?"

他在我的办公桌前一边挖着鼻孔,一边嘟哝着:"刻不容缓啊郑书记,造纸厂污染严重,周围地里都不长庄稼,附近臭气熏天,老百姓喝的水都有股怪味儿,再耽误下去会出人命的。所以,我就写了报告递给县里了。"

"你赶紧把报告给我要回来!"我把心爱的紫砂茶杯都摔在了地上。

结　语

冯乡长就去了县里。可是他这一去就没有回来。返程途中,他的摩托车和一辆货车撞在了一起,就在他修好的那条路上。这是陈大臣报的信。当宋希望领着乡政府的人赶到时,冯乡长躺在血泊里已经没有了气息。那件花格旧衬衣,沾满了比黄昏夕阳还要红的鲜血。人们在他衬衣口袋里翻出了那份让造纸厂停产整顿的报告,还有五元八角钱。

冯乡长死后,大湾乡的人在那个路口立了块碑,上面刻了两个大字:清潭。

清潭是冯乡长的名字。

遍地菊花

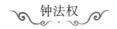

钟法权

这里的塬一个连着一个,连绵起伏百余里,在快要与秦岭接壤的山脚下,有一个更高的塬,塬上架着一座座长着眼睛的高塔,塔上的大锅小锅每天都很有规律地旋转。

塬的四周建有围墙,墙的拐角处还建有哨楼,士官上官云生就住在戒备森严的院墙里,当了一名守塔的兵。

守塔的日子很是寂寞,过去一个布阵由一个班看守,后来减到一个组,再后来减到一个人。好在高科技得到了充分运用,塔的四周都安上了电子眼,坐在总值班室里就能将塔的周围看得一清二楚。

一人坚守哨塔最怕没事可干,可上官云生总是能找到自己要干的事情。塬上土厚、肥沃,草长得飞快,到了春天,隔上一月能长一米多高。负责看塔的上官云生就拿着镰刀一片片地割。塬上除了草,还长着一种植物,那就是野菊花。上官云生割草时,不像别人挥着大片刀呼呼直砍,而是十分小心,一点一点割,他怕伤着了野菊花。几年下来,唯独上官守着的地方草越来越少,野菊花越来越多,而且是一片片地长,有的野菊花竟然长到半人高。到了秋天,塬上的草开始变枯变黄,一些叫不上名的树也开始往地上落叶,唯独那一簇簇菊花在秋日的阳光下花蕾绽放,盛开出鲜艳夺目的花朵。

满沟满塬飘着菊花的芳香。

在菊花盛开的金秋，塬上就有了养蜂人。养蜂人将一箱一箱蜜蜂整齐有序地摆在围墙外面的高地上，芳香醉人的菊花陶醉了成千上万的蜜蜂，它们唱着歌成群结队地飞向香气扑鼻的菊花丛中。

在菊花开得正艳的时候，总是有人想越过围墙采摘菊花，原因是菊花既可卖钱，又可晒干了当茶喝。军事重地不可能让人鱼贯而入，上官云生对偷偷进来的人讲道理好言相劝，于是就有人提出条件——采一斤给多少提成。上官云生说，这是军事要地，其他人员一律不得进入，只能在铁丝网外欣赏，不能进来采撷。在那段时间里，还真有不少赏菊爱好者，或自己驾车，或租车到塬上赏菊，到上官云生守着的塔的四周赏菊。

不出三天，养蜂人就开始收获菊花蜜了，那蜜也金黄金黄的，不仅浓度高，而且纯，是天然的绿色食品。养蜂人为感谢上官云生，每次都将割下的第一桶蜜用玻璃瓶装了送给上官云生。上官云生是不想接的，可养蜂人执着地说："吃水不忘挖井人，要不是你这片菊花，我到哪里收割如此纯正的菊花蜜呢？"

上官云生只好接了，当天他就将菊花蜜拿到连队食堂，摆在桌上让战友们品尝。战友们一个个咂着舌，都说又甜又香。每年一次的尝蜜，让守塔的战士们尝到了甜头，再割草时，都有意留下菊花。时间久了，卫星测控站上千亩地上，长满了一簇簇野菊花。每到秋天，塬上一片枯黄，唯独卫星测控站军事区内这边风景独好，成片成片的菊花竞相开放，万分美丽，香飘四方。

又是一年菊花盛开飘香的时候，蜂农又用卡车将一箱一箱的蜜蜂拖了过来。第一年，蜂农是用拖拉机拖蜜蜂，第二年是用农用车，第三年就用大卡车了。蜜蜂成群结队在卫星阵地穿飞，当时正值神舟飞船即将升空的日子，成群的蜜蜂影响了信号搜索，为了保证任务完成，上级下达命令——将菊花立即砍掉。

得到砍掉菊花的消息后，上官云生的心像被锥子锥了一样难受。他是爱菊花的，一年四季他最盼望的是菊花盛开的时候，为了保全菊花，他找到了蜂农，谈了自己的想法。蜂农也是聪明之人，如果雷达站将菊花全部砍

环保中国·美文馆

掉,他将损失惨重,最后蜂农答应连夜转走五十箱蜜蜂,确保雷达站信号搜集不受丝毫影响。

第二天,蜜蜂数量锐减,雷达信号搜集趋于正常,吃了早饭拿了镰刀的兵们得到命令,不再割砍菊花。

又是一年金秋。阳光下,各色各样的菊花含苞欲放,背着枪站在哨位上执勤的上官云生格外精神抖擞。望着运转有序的雷达,望着翩翩起舞的蜜蜂,他笑得像菊花一样美丽。

和谐相处

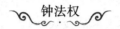

钟法权

刘改革不爱说话，除了下棋没有其他爱好，常常一人坐在哨所门前的石条门槛上，痴痴地看山。响树沟哨所四季分明，气候宜人。唯独让人害怕的是蛇多，尤其是夏天。王天堂来哨所前就听说刘改革喜捕蛇、嗜吃蛇，总想眼见为实。

王天堂来哨所第一天，刘改革给他做了四道菜：第一道是油煎蛇排，第二道菜是凉拌蛇皮，第三道菜是青椒炒蛇肉，第四道菜是炖蛇汤。喝的是蛇血、蛇胆酒。

那是一个阳光明媚的中午，刘改革用带着广东口音的普通话对王天堂说："你能分到蛇山是你小子的福气，就这四道菜，在广东少说得一千块。你说在蛇山当哨兵好不好？"

王天堂情不自禁地举起杯子与刘改革碰了一下说："好！不好我能上来吗？"

刘改革说："你也别见竿子就爬。好不好，来不来，也不是你小新兵说了算。"

王天堂说："我是一块砖，任组织搬。只是弄不明白，蛇山怎么会有这么多蛇，让你捕之不尽。"

刘改革看了看绿色的酒液说："蛇山为什么叫蛇山，就是因为蛇多。蛇

有蛇路,门前那崖壁上有一条暗道,就是蛇下山到沟底喝水的暗道,一般人发现不了,我明天带你去看一看。"

王天堂赶紧摆手说:"我吃蛇可以,怕看到活蛇。"

刘改革说:"其实蛇并不可怕。蛇有它的厉害,也有它的短处。比如说蛇就怕打它的七寸,那儿是它的要害,打中了就要它的命。不会打蛇的人,往往习惯打蛇的脑袋,蛇的脑袋反应最灵敏,不容易打中不说,搞不好还会咬你一口,同时用尾巴抽打你,缠住你。另外,蛇还有一个弱点,它怕天旱,恰恰这几年蛇山连续几年雨水不足,蛇就会走出洞穴下山找水喝,送上门来自投罗网。"

进入夏末的时候,刘改革一连几天都没有捕到大蛇,好不容易捕到的几条蛇,都同鳝鱼一般大小。刘改革很纳闷,心里流露出失望和不悦。王天堂问他想捕多大的蛇。刘改革说,应该有二十多斤。又过了几天,一天早晨,天刚放亮,刘改革习惯性地来到崖下,这一次差点没有把刘改革吓死,一条茶碗粗的蛇将哨所的水缸圈占了一小半。刘改革惊喜万分,在蛇山捕了几年的蛇,还从来没有见过这么大的蟒蛇。

这一次刘改革没有马上动手捕蛇。为稳妥起见,他往水缸里加了一定数量的安眠药,待蛇完全处于昏迷状态才将蛇弄出来,剪掉蛇芯儿,拔掉牙齿,然后放心大胆将蛇投进消防水池,两天后大蟒蛇稍微清醒后,他才将其捞起来拖进院子。蛇身从院头到院尾比十万响的鞭炮还长,刘改革将蛇头固定在板凳上,蛇尾用铁丝系牢在一棵树上,板凳下放一个铝盆,然后抄起劈柴的板斧一斧砍下去,蛇头与蛇身分了家,血溅了一墙一地,也溅了刘改革一身。

蟒蛇被斩之后的第三天早晨,天还未放亮,透过玻璃窗,刘改革看到大大小小的蛇布满了整整一院子,从来不惧蛇的刘改革惊恐万分地大叫王天堂。天堂看后大惊失色地说:"我爷爷给我讲过,这是百蛇聚会。都是你惹的祸,你不该杀死那条大蟒蛇啊!"

刘改革胆战心惊地问:"这怎么办?"

天堂说:"小时候走夜路怕蛇咬,我爷爷让我手里拿一根竹竿,边走边敲。蛇怕竹竿发出的声音,听到就会主动走开。"

刘改革赶忙找来竹竿,将铝合金窗拉开一条缝隙,将竹竿伸出窗外猛敲墙壁。蛇们开始还有点惊慌,随着敲打声减弱,蛇头像一个个从地里钻出的竹笋般高昂着,没有离去。

天堂无可奈何地说:"你不是不惧蛇吗? 冲下去给全捉了!"

刘改革说:"虎落平阳被犬欺,我下到院子里,那些蛇别说咬我,就是用身子缠也把我缠死了。"

天一点点放亮,阳光一点点照着院子的时候,群蛇才开始井然有序地撤退。在撤退的路上,发出阵阵热气和一波一波的青烟。

傍晚,晚霞将蛇山染得分外妖娆。在霞光即将消失的时候,一场更让人惧怕的场面出现了。只见一条又细又长的青蛇第一个从院墙外的一棵白果树上下到院内,接着是两条小青蛇,而后白果树开始摇晃,几十条蛇从树上下到树下,不到两根烟的工夫,院子里的蛇又黑压压地盘了一地。

细心的天堂对改革说:"我发现今晚聚集的蛇比昨天多了许多。"

好在哨所当时建房时就考虑到地处蛇山,哨兵住在二楼,窗子密闭严实,墙面上贴了大块的光滑瓷砖,蛇根本无法爬上墙。深夜,蛇们开始非常凄惨地哭泣,哭声此起彼伏,有的蛇还用尾巴一声声敲击墙壁,敲击一楼的门窗。面对此情此景,刘改革真正害怕了,他想自己一定是杀了蛇王。

一连几天,蛇们都是在太阳落山之后来,太阳升起时离开,搅得刘改革食宿不安。秋天都快结束了,蛇们还是不肯罢休。

有一天晚上,王天堂看新闻,报道一位老干部病故了,开追悼会播放哀乐时,蛇们听后都随之发出痛哭声。随着哀乐的结束,蛇们也安静下来,而后缓缓离去。爱听音乐的王天堂敏感地发现了这一奥秘,晚上重播追悼会实况时,王天堂用复读机将哀乐录了下来,第二天将音箱挂到树上。日落西山的时候,天堂就开始反复播放哀乐。

这一招真灵。那天,第一个进入院子的大青蛇没有下到院子里,而是盘

在音箱旁。其余的蛇都像大青蛇一样盘在树枝上。树上的蛇如诉如泣,有两根树枝经受不住重压被压断。一连几天,蛇听到哀乐后不再下到院落里,有的干脆不再上树。

一直延续到蛇山下了第一场大雪,天寒地冻了,蛇盘在洞穴里进入冬眠,哨所才结束了群蛇闹哨所。从此以后,刘改革不再吃蛇肉、喝蛇血和蛇胆酒。他时常心有余悸地问天堂:"你说,明年开春蛇还会来吗?"

天堂想了想说:"如果蛇没有记忆,再加上一个漫长的冬眠,它们会把所有的痛苦都忘得一干二净,那样的话它们就不会再来侵扰我们了。"

刘改革说:"但愿这样,要不然明年我转业了,心里也会害怕。"

天堂想了想说:"还有一点很重要,你我以后不能再杀蛇,不再吃蛇肉、喝蛇血酒了,吃蛇肉会重新唤起它们痛苦的回忆。在蛇山我们只能与蛇们和谐相处,那样才会互不干扰,相安无事。"

神　树

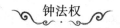

钟法权

　　住在秦岭梅山顶上的王老汉，一辈子没有出过山，就连二十公里开外的凤凰古镇他都没有去过。

　　王老汉不是不想出山，也不是没有条件和机会出山，更不是他身体不好不能出山，而是他压根儿就没想出山去看山外的世界，最根本的原因是他离不开屋后的一棵树。

　　那是一棵什么树呢？是神树吗？在王老汉的眼里，就是一棵比自己生命还要珍贵的树。

　　这棵树叫红豆杉，世界最珍贵的树种。红豆杉就长在他的屋后，老远望去就像一个人撑着一把伞站在那高高的山冈上。树的主干比小轿车轮子还粗，树干两米处分了无数杈枝，分出去的杈像一把雨伞的轮骨，更像千手观音。

　　王老汉爱红豆杉就像爱自己的生命一样，他每天早晨起来第一件事不是伺候为他犁田的牛，也不是去看每天为他下蛋的鸡，而是脸不洗牙不刷地跑到屋后，绕着那棵又高又大的红豆杉转上一圈，而后到树前的一块石头下，先是跪在地上磕三个头，然后嘴里念念有词："谢谢你啊！我的树神，是你救了我孙子一命。"

　　那是前年的秋天，王老汉在西安上大学的孙子王天堂突然得了重病，在

叶回家泡水服用;有的为了活命,甚至偷扒红豆杉树皮。王老汉为了不让红豆杉受到致命伤害,便在离红豆杉树不远处搭建了一个小木屋,俨然一个哨兵守卫着红豆杉。

总是有好奇的人问王老汉:"是先有这棵红豆杉,还是先有你们这家人?"

王老汉从来都是毫不迟疑地说:"是我的祖先栽下了这棵红豆杉,自然是先有人,后才有树。"

树也是有年龄的,林业专家很快给出了明确答案,这棵红豆杉有一千九百多年了。在秦岭广袤的群山之中,无论从树的种类和稀有程度来说,绝对可以称之为一棵旷世稀少的神树。

其实,在秦岭的梅山中,还有不少的红豆杉,只是他们没有王老汉屋后那棵红豆杉年岁长、长得好、果实结得多。据林业人员说,在那片梅山上,长得最大的也只有碗口粗,王老汉屋后的红豆杉,应该算是名副其实的树王了。

王老汉每天守着他心中的树神,他被前来的朝拜者敬称为树神爷爷,他听了很是受用。在红豆杉果实不成熟的季节,他就会把平常从地上捡的红豆杉叶拿出来,赠送给前来看树的人。若是在红豆杉果实成熟季节,他会摘下一两颗送给来人品尝,让游人在口舌生津中感到无限的满足和幸福。

阿宠的春天

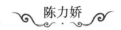

陈力娇

　　阿宠出生不到半年,就被送到煤井下,从此过上了暗淡无光的日子。

　　阿别很心疼阿宠,每天喂它草料时,都忘不了给它多掺些苞谷。

　　阿别说:"阿宠啊,虽说你叫阿宠,可是没人真正宠你呀。你知道你到井下意味着啥吗? 就是你到死都得待在这八白米深处啊。"

　　阿宠像能听懂阿别的话,抬头看了看阿别,不吃了,把头别到了食槽的这一方,眼里含着泪。那根拴在它脖颈的绳子,被它拉得直直的,像根棍儿,支在它和食槽之间,再也绕不回来了。

　　阿别就明白,阿宠是上火了。

　　上火的阿宠,任阿别再喂它什么都不会吃了。

　　阿别知道了阿宠的脾气,从此不和阿宠说这样败兴的话了。他换了一种语气,像哄孩子一样对阿宠说:"阿宠啊,你多幸福啊,有我陪着你,哪里找这样的好事呀。我要能再活十年,到时我们一起走啊,走了,就不再回来了。"

　　阿宠听了这话,果真不再耍脾气了,把它毛茸茸的头贴在阿别怀里,不住地拱,还伸出舌头,去舔阿别苍老的胸脯。

　　阿宠是一匹雪青马,白色重,青色少,像柔软的青白绸缎,均匀地披在它的身上。由于这一身好辨认的皮毛,它注定在井下一生劳作。

但是这一天,阿宠瞎了。

终日不见阳光,阿宠的眼睛就什么也看不到了。阿别劝阿宠道:"你别当回事啊。有眼没眼对你来说都一样,你只负责拉车,我为你看路,我不会把你往坏道上领啊。"

阿宠唯有这一次没听阿别的,它躁动起来,嘶鸣起来。阿别的话音刚落,阿宠一个跳跃挣脱了缰绳,沿着它熟悉的巷道,一路狂奔。

阿宠毛了! 阿宠不听话了! 阿宠为自己的眼瞎痛苦了!

矿工们放下手里的活儿,嘻嘻哈哈地去追,他们追了一个巷道又一个巷道,阿宠却仿佛和他们赛跑一样,在昏黄的灯光下灵便地时隐时现。

后面的人继续追着。几十号矿工,都是身强体壮、有丰富的井下工作经验的,可是任谁也追不上阿宠。倒是五分钟后,阿宠自己停了下来。

阿宠刚停下,矿工们就傻了眼,在他们刚才干活儿的地方,传来轰隆一声闷响,像海浪拍打礁石,直滚到他们脚下。

——塌方了!

矿工们怔住了,愣愣地盯着战栗不已的阿宠,心哆嗦了。忽然有人大喊:"阿宠啊,你如亲爹娘啊,我们家里还有老小呢,要不是你,这会儿我们就成煤下鬼了!"

这话是阿别喊出的,阿别老泪纵横。他的话,让巷道里顿时叹息四起。

连阿宠在内,五十条生命保住了。但是连阿宠在内,五十条生命也濒临死亡。没有粮食了,没有水了,阿宠也没草料了,更没有苞谷了。可是细心的阿别发现,巷道里有空气,因为他们并没感到窒息,却不知风从哪里来。

阿别吩咐矿工们找风源,有了风源就可能找到出口。

五个人开始行动了。阿别没让所有人一起行动,他想让大家保存体力——他们在井下还不知要待多少天呢。

有人往外打手机,但是信号不好。阿别就让所有人都把手机关了,以节省电源,只留一部精良的手机与外面联络。

子夜时分,终于和外面联系上了。外面说,他们正在积极想办法,确定

方位。让他们坚持住。

大家在巷道里坐了下来。阿宠也趴下了,阿别像守护神一样守护着它。大家心里七上八下。找风源的人一出去就迷路了,很晚才摸回来。他们告诉阿别,这是一个老巷道,一时摸不清它通向哪里。如果当时阿宠把他们引向别处,一定会比这儿好找到出口。

阿别一听不高兴了,把头扭过去,不理说话的人,却把阿宠搂得更紧了。

夜晚来临,人们相继睡去。可是睡下不久,就都一激灵醒了过来,醒来就再也睡不着了。一晃,两天过去,救援没有进展,希望像撕破的纸屑,一点点飘落。许多人饿晕了,支撑不住了,已经有人把目光一次次聚集在阿宠身上。阿别明白大家怎样想的,但那是他拼老命也不会让他们做的。

人们理解阿别的心思,没人率先行动,这让阿别很是欣慰。可是到了第五天,人们实在熬不下去了,眼冒金花,奄奄一息。阿别与阿宠商量,他说:"阿宠啊,眼睁睁看着这么多人死吗?"

阿宠没有回应——它也饿得虚脱了几次,没有力气回答主人的话了。

翌日清晨,饥饿如恶魔又一次降临。矿工们只剩下活命的欲望了。有一个人忍无可忍,手握尖刀爬到阿宠身旁,他面目狰狞,满眼贪光。可是他很快发现,不用他再费劲了。

在一个煤坑边,阿宠的一条腿搭在坑沿上,嘴巴上有黏黏的未干的血痕。是阿宠自己咬断了大动脉,鲜血像股小喷泉,汩汩地流淌,热气正温温地袅袅地向上盘旋。

那边,阿别的泪,把耳朵都灌满了。

猎犬黑豹

陈力娇

  猎犬黑豹已经三天没有吃东西了,科考队员小吴守候在它身旁。南极的风太凛冽了,它们无情地撕破了小吴的睡袋,刮走了小吴为黑豹疗伤的药品和绷带,也把猎犬黑豹的缕缕绒毛掠向了天空。

  黑豹是为救护小吴而受伤的,那天他们一行七人从二号营地到三号营地,途中意外地遇上了冰壁滑落。冰体山呼海啸地来临时只有小吴在一座雪坡上,他是去为科考队的小齐寻找一处平坦避风的场所。小齐是科考队唯一的女同志,曾经是红极一时的登山运动员,退役后就一心投入了南极考察。

  黑豹本是该跟小吴去的,它平时和小吴形影不离。但它迟疑了,它敏锐地感觉到了什么。科考队员们看到,黑豹在原地打转,就好像自己在找自己的尾巴。就在这时,大家听到一声脆响,一道冰浪自天而降,黑豹像一道飞箭一样射向了小吴。

  九死一生的小吴被黑豹救了,黑豹却摔掉了两颗牙齿,折断了一条后腿。小吴告诉大家,冰浪把他掀倒那会儿,他落到了雪坡的另一头,如果不是黑豹及时咬住他的衣服,并把自己的一条腿插在冰隙里,小吴必死无疑。

  大家都震惊了,聪明的黑豹是依靠冰隙固定住自己,才使自己的力量能与冰浪抗衡。

黑豹为此付出了代价,伤口感染让它持续三天高烧不退。

科考队停止了前进,不是为黑豹的负伤,而是黑豹的壮举让他们发现了横亘在前方更大的敌人,那就是冰隙。

冰隙是南极科考队员们最大的天敌。冰隙有大有小,大的深则一千多米,浅的也有几百米,它们像隐藏在冰面上的稻草,一般情况下不易察觉。人或车一旦不慎掉下去,它们就会像鳄鱼嘴一样迅速合拢。黑豹救小吴遇到的是小冰隙,也是黑豹聪明,它扑在了雪地上,不然那冰隙的嘴对黑豹也一样不客气。

第四天早上,黑豹吃了一点食物,是小吴哭了它才吃的。

小吴说:"黑豹你吃一点吧,我要走了,不能陪你了,我们要去寻找陨石,你不吃东西哪来力气跟我们走呢?"

一直昏睡的黑豹睁开了眼睛,它听明白了小吴的话,就勉强吃下小吴塞在他嘴里的饼干。黑豹吃了东西后仿佛有了一点力气,它深情地把头埋进了小吴的怀里。小吴感觉到它不像前几日那么热了,可是看上去依旧有气无力。

小齐来叫小吴。小齐说:"队长说了,一会儿就出发,队长说我们就是一寸一寸排除冰隙,也要在明天早晨到达三号营地。"

小吴一听忙问:"那黑豹呢,黑豹这个样子怎么能走得动?"

小齐说:"队长就是让我来告诉你,放弃黑豹。"

黑豹似乎听懂了小齐的话,它一下从小吴的怀里抬起了头,试着要站起来,可是它太虚弱了,它的腿几次都没听使唤。

小吴满腹怒气,他在打点行装,他无论如何也要把黑豹带上。

队伍集合了,一行七人整装待发。

队长胜彼来到小吴面前,他拍拍小吴的背包,说:"怎么着,把睡袋换成黑豹了,以后的日子你就睡黑豹吗?"

队员们哄地笑了。

小吴没笑,他嘟着嘴,说:"反正我活着黑豹就得活着。"

队长胜彼脸色一变,说:"我以队长的名义命令你,放下黑豹,保存体力,寻找陨石,准备出发!"

面对命令,小吴没辙了,他从背上解下黑豹,像放孩子一样把它放在冰地上,还不放心,就又把自己的一件红色羊绒衫给它铺上,然后留下了足够它吃的食物。

队伍离开了,黑豹起初仍想站起来跟着走,可当它发现自己的想法不能成功时,它流下了眼泪。小吴回头的当儿,黑豹的泪水刚好滑过细细的绒毛,像豆粒儿一样滚了下来。

小吴向黑豹奔去,三十岁的大男人抱着一条狗失声痛哭,科考队员都停了下来,都在看着这对生死之交。队长胜彼没有催促小吴,这条硬汉子此时能做的,就是给小吴和黑豹一点告别的时间。

这时包括胜彼在内,所有的队员都看到,和小吴像兄弟一样抱作一团的黑豹,似乎使出吃奶的力气,奇迹般地站了起来。队员们都松了一口气,也许是生死离别让这头猎犬产生了非同寻常的力量。

可是大大出乎队员们的意料,黑豹站起身后,看都没看他们一眼,就一蹦一蹦地向相反的方向离去,它走得趔趔趄趄,却没有回头。

队长胜彼率先离开,队员们也跟着离开……

又一天的早晨来临了,南极出现了少有的好天气。

就在队员们经过艰难险阻快到三号营地时,小齐突然高喊:"你们看,黑豹!"

队员们向着小齐手指的方向看去,看到三号营地的雪坡上,高高站立着赫然醒目的黑豹,它嘴里衔着那件红色羊绒衫,耀眼地红色火焰一般燃烧在南极洁白如玉的背景之上。

胜彼落泪了,队员们落泪了,只有小吴像傻了一般笑着,他说:"黑豹,哥们儿,没忘了带着我的羊绒衫呢。"

最后一个牧马人

双色槐

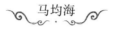

马均海

秋林的故乡名叫鲁河湾,位于黄河故道,四周都是槐树林,一条小河从林中流过。每年槐花盛开的时候,槐林便成了花的海洋,素雅的花朵在阳光下熠熠生辉,沁人心脾的花香随风在空气中荡漾,很远就能闻到槐花那种特有的清香。

秋林家乡的槐树不高,树冠很大,花密叶稠,花儿香甜味美,食后顿觉神清气爽。奇怪的是,槐树叶子并不怎么苦涩,嚼起来还有甜丝丝的味道。20世纪60年代自然灾害的时候,人们把槐叶晒干磨成面,蒸成窝窝头来充饥。但是,其他地方的槐叶却苦涩得难以下咽,人食用后会引起腹胀,严重者会导致身体水肿。秋林说,他那里的槐树确实奇特,但更奇的是有棵槐树会开紫白两种颜色的花朵。那棵槐树生长在林子深处的高岗上,树干粗壮高大,笔直挺拔;树冠呈伞状,颇有松树的气势,与周围的槐树形成了巨大的反差。槐花飘香之时,那两种颜色的小花交相辉映,在绿色的映衬下幻化出迷人的色彩,成了林中一道神奇的景观。那年春天,正值槐花盛开,一位和尚路过这里,见到此树,不禁睁大了眼睛。和尚手中不停地捻动着佛珠,沉思良久,捡起根树枝,在地上写了一首小诗。诗曰:

紫谓瑞气白是空,

126

外相虽异实则同。

有朝一日花落去，

此处不再现葱茏。

　　在场的几个人只有秋林认识字，他低头揣摩了好半天，仍不解其意，便请和尚指教，不料和尚早已悄然离去。秋林把诗记在心里，然后写在纸上，准备同村里的人一起研究。村庄不大，只有几十户人家，大部分是文盲，识字的也只不过是小学毕业，算起来，秋林是村里唯一的初中生。几个有文化的人同年长者一起，把这首诗琢磨了很长时间，又请教了教语文的小学老师，也没弄懂诗的含意。不过，大家能模糊地认识到，双色槐是吉祥之树，它能带来一方平安，如果它被毁掉或不存在了，不知会发生什么样的灾难。打那时起，双色槐在人们的心目中变得神圣起来，村庄里的人都去自觉地守护它，珍爱它，生怕它遭到什么不测。可是，人们担心的事还是发生了。

　　那年冬季一个寒冷的早晨，秋林像往常一样，一清早就起床，背起那只破旧的箩筐，往林子里走去。许多天来，不管有事无事，他都要到双色槐下转悠转悠，看到双色槐安然无恙，心里就有一种说不出的欣慰。可是，此刻，他有一种不祥的预感，因为他已经走到了小路的拐弯处，还没看到双色槐的树梢，平时走到这里，双色槐树冠朦胧的轮廓就会出现在视野里。糟啦！他似乎意识到了什么，大步流星地走了过去……眼前的景象把他惊呆了——双色槐被人锯倒了，树干不知去向，地上只剩下些凌乱的树枝。他试图顺着脚印追赶过去，但昨夜的风沙太大，尘土和枯枝败叶已埋没了偷树者的足迹……

　　得知双色槐被盗的消息，鲁河湾愤怒了，有人指责，有人咒骂，有人哭泣，还有人把偷树贼做成草人，捆绑在树上，天天用开水浇，用锥子扎……人们用各种方式来发泄心头的愤恨。秋林暗下决心，一定要把这个缺德鬼查出来。可是，他明察暗访了好几个月，走遍了三里五村，仍一无所获。这天，他从大王庄村南边经过时，发现秦贵家在盖新房子，木工正在上大梁，便有

意走了过去。在不动声色之中,经过仔细观察,他断定这大梁就是双色槐。秋林把这消息告诉村里几个人,大家都犯难了,因为秦贵的哥哥是公社武装部部长,秦贵就是依仗权势横行乡里,成为地方一霸。再说,又没有现场抓住他,就是去告发,他也不会承认的。大家合计来合计去,毫无良策,只有无奈地摇头……

不觉到了秋天,鲁河湾田地里庄稼长势喜人,谷子低垂着头,豆秧上结满了荚,玉米甩出了毛茸茸的红缨,红薯的叶子油光发亮……一派丰收在望的景象。可是,谁也没有想到,连降几天大雨,从上游下来的洪水使小河迅速上涨,一夜之间,鲁河湾成了一片汪洋……秋庄稼完全绝收了。人们在想,小村从来没发过大水,今年是怎么啦……面对着多日不退的洪水,秋林似乎一下子明白了和尚那首诗的真正含义,认为这场大水就是对诗的最好诠释。他把自己的观点说给大家,很多人表示赞同。于是,人们把这场洪水和和尚的诗联系在一起,向外传扬开去。结果越传越远,越传越神,很快就传到了上级领导的耳朵里。那年月政治气氛很浓,政治运动不断,打击封建迷信的力度也很大。所以,政府部门绝不会坐视不管。公社负责治安的秦部长带领几名工作人员,亲自到鲁河湾召开现场会,对散布封建迷信的行为进行了严厉的批判,并点名批评了秋林等人,说以后再不引以为戒,继续妖言惑众,将绳之以法。

这场风波之后,秋林万万没有想到的是,鲁河湾来年又遭受洪水,秋粮仍颗粒无收,一向丰衣足食的小村渐渐失去了元气,人们开始恐慌起来……

那年冬天的一个深夜,不知何故,秦贵家起了大火,秦贵被烧成了重伤。奇怪的是,房屋上的木料绝大部分被烧成灰烬,唯独大梁没有被燃着,只是完全被熏黑了,可能是木质太坚硬的缘故吧。

来年春天,秋林惊喜地发现,双色槐根部长出了一棵小树。小树枝粗叶茂,长势迅速,鲁河湾的人在企盼着它快快长大开花……

这以后的故事,我就不知道了。

鲸鱼之谜

王明新

昨天深夜,指挥部突然用报话机通知我们将有十级大风,让我们做好搬迁准备,搬迁车队一早便到。

我们惊恐地忙乱了大半夜,收拾东西,给每一台设备、爬犁和野营房挂好绳套。我们早早地便吃了饭,只等搬迁车队一到,就胜利大逃亡。天亮的时候,我们向遥远的地平线张望,看酸了眼,却连只兔子也没看见。我们快快地来到海边,蓝天明净如洗,海面平稳如镜。有的说这种天哪里来的风暴潮,说胡话吧?有的说不叫的狗下嘴更凶,这是在酝酿呢!

刚刚浴罢的太阳,水淋淋地从海里钻出来,一跳一跳地就跳离了海面。它跳离海面之后,留下一条根,红红地扎进海底,等这颗太阳在草甸子上降落之后,第二天便从那根上又长出一颗太阳来。

不知不觉,太阳升得老高了,天还是那样蓝,海还是那样静,车队依旧不见踪影。我们差不多完全失去了起初接到命令时的紧张和激动,懒洋洋地走回宿舍。

踏进我们钻井队的小院,见炊事班正把一口准备就要装车的巨型铁锅支在院子中央,锅里添满了水,他们把一只足有几百斤重的鲸鱼心,劈成一块一块的投进水里,水里漂着整棵整棵的大葱和黑黑的一片花椒大料。锅底下的原油被点燃,红红的火舌热烈地舐着锅底,锅旁的空地上,躺着那条

十三米多长的鲸鱼的别的部分，红红白白，鲜艳夺目，散发出浓烈的腥味，它的骨头现在却被丢弃在海边的沙滩上。

昨天，我和杨子看井，傍晚回到队上，见许多人正把一块块血淋淋的东西搬进院子，他们大喊大叫着，比在这草甸子上看见个娘儿们都激动。

这天下午，一班的几个钻工去海边散步，在浅水里发现了这条搁浅的鲸鱼，它一半在水里，一半裸露在外面。十几个人跳下水，费了九牛二虎之力，将它拖出来，然后跑回队上，叫来了更多的人。他们想整个地将它弄回去，可是它实在太重了，而且是活的，滑不溜丢、摇头摆尾的不好弄，有的人就跑进炊事班和材料库房，拿来了斧子、菜刀和钢锯。

我和杨子回到班里，班里的人争先恐后给我们讲述当时的情景。他们说，当他们举起斧子和菜刀劈向那条鲸鱼的时候，它大张着嘴发出像牛一样的哀号，泪簌簌地从眼里喷出来。他们说，鲸鱼的皮很厚很硬，肉如橡胶一样结实，他们砍不动的地方就用钢锯锯，因为他们没有庖丁解牛的本事，不得不这样东一斧子西一刀地干。

他们一边讲，一边不断地发出开心的大笑，我感到身上一阵一阵发冷。我和杨子再没心思吃饭，来到鲸鱼搁浅的海边。那时，太阳已经落尽，发黑的海面呜呜咽咽、沸沸扬扬，海浪轻轻地冲上沙滩又退下去，将一团团雪白的泡沫推上来又带走。海浪已取走了鲸鱼的骨头，我和杨子什么也没有看见，只是默默地想着那个残酷的屠杀场面，直到夜色严严实实将我们包围，海风带走我们最后一点点体温。

这时候，铁锅里的水开了，水花跳跃着，翻腾着，热气弥漫，香味四溢。我们已经许久没开过荤了，这一锅鲜美的鲸鱼心的确是个极大的诱惑，几乎所有的人都忘记了我们面临的危险，一边看着翻腾的水花、嗅着诱人的香味，一边想象着大吃大嚼时的幸福情景。只有队长和指导员没有忘记自己的责任，他们轮流一趟趟跑出院落，向远方张望，车队仍然毫无音信。不过，天气也似乎看不出有什么变化，天上没有一片云彩，有风的感觉，只是极轻柔极平和。这时候太阳已经向南偏转，至少也有十点钟了。有人钻进宿舍，开始翻箱倒柜找酒，准备大吃一顿，一醉方休。

队长和指导员头脑清醒，越来越感到了问题的严重性，尽管现在看不出天气有什么变化，但是海边的天气实在难以预测，如果突然间狂风大作，海潮汹涌而来，我们全都要葬身海底、尸陈鱼腹。于是，指导员看了看手表，竭尽全力对等在锅边的我们喊，现在是十点四十五分，估计搬迁车队马上就到，大家快检查一下绳套和别的东西，做好装车准备，多争取哪怕是一秒钟就多一分安全，绝不能拿生命开玩笑。

指导员的话一下子又使空气变得凝重起来，大家恋恋不舍地离开铁锅去做准备，当我们把所有东西都检查一遍，再无准备工作可做的时候，就像谁在故意跟我们开玩笑，天气依然故我，晴晴朗朗和和蔼蔼，一点也看不出有要发脾气的意思，而那该死的车队还是踪影全无。大家再次聚在铁锅边，即将煮熟的鲸鱼心散发出更加诱人的香味。

队长终于耐不住，打开报话机，声嘶力竭地联系指挥部，终于联系到之后他问搬迁车队为什么还不到。值班调度说："没说要你们搬迁啊！"队长说了昨天深夜指挥部的命令后，值班调度说三日之内我们这个地区都是绝对的好天气，他对暴风海潮之类的话从来也没听说过，为了慎重起见他又查阅了值班记录，同样没发现任何让我们搬迁的记录。队长无可奈何地放下报话机听筒，问指导员昨夜的命令是从哪里谁传来的，指导员说他是在睡梦中被吵吵嚷嚷的喊声惊醒的，他以为这个命令是队长接到的。队长说他和指导员一样也是被别人吵醒的，他以为命令是指导员接到的。然后，他们两人挨个问了几乎所有的人，谁也说不清楚那个该死的命令到底是从哪里听来的，只是被人吵醒之后从杂乱的吵嚷声中听到的。

这天和以后的许多天，天气一如既往的好，我们自然没有搬迁，又一连打了好几口井。这个谜也就一直留在我们队里，至今谁也无法解开。

人与鸟

高 军

"怎么就越来越多呢?"他常衔着一竹柄的黄铜烟袋锅,在夕阳滑下山去的意境里,吧嗒几口,嘟囔几句。待烟末燃尽,在鞋底使劲磕几下,复装上旱烟末,又点上,双眼透过脸前的悠悠青烟朝山下看。

山下,干农活儿的人正陆续收工回家,步态悠闲。偶尔有羊群过去,牧羊人来到他身边,见他迷迷瞪瞪的,站定,问:"张老三,什么越来越多?"

过半天,见他似未听见,拔腿走去,也自语道:"这人看山看傻了。"

从年轻时就过上了看山的日子,不知不觉中,四十多年过去了,竟因此也未找上个女人过生活。以前,山林茂密,野兽出没,飞鸟不时地掠过蓝蓝的天空。眼下,除了山下的人多了以外,树、兽、鸟越来越少了,稀了。

在山下,一遇见人,他就问:"人怎么就越来越多了呢?"

"看好你的山就行啦,别瞎操心了。人多了好啊,人气旺啊。"人们说。

"好……好?"他大睁着眼,呆呆的,愣愣的。

"不好你别做人啊,不就少一个啦。"人们话里的刺亮起来,利起来。

他问:"不做人做什么?"

"做狗做猪,做牛做马,"说话的人用手向周围一划拉,"爱做啥就做啥呗。"

他瑟缩着躲向一边,说:"不,不好。"

人们皆大笑起来。

"是的,人是太多了,是不能再做人了。"他紧紧地皱着眉头,然后头一点一点,上半身向前一倾一倾,腚撅得老高,上山去了。

沉默了几天,磕出了一大堆烟灰后,他觉得还是做一只鸟好。

谁知这么一想,他真的化作了一只鸟,飞上了天空。他很奇怪,怎么说飞就飞起来了。扭头一看,两条胳膊变成了两只翅膀,上面长出了长长的羽毛;两条腿也变成了鸟腿,细多了;且长出了尾羽。

他一边飞翔,一边想:"这样太好了,太好了。地上这么多人,如果人像我一样化作鸟,人不就少了? 这样,鸟不就多了?"

他感到年轻了许多,心里又朦朦胧胧地有了想找老伴儿的欲念。发现鸟类,他就飞去合群。但他一降临,鸟们就呼的一声,飞走了。他的高兴化作了苦恼。

这日,微风和煦,艳阳高照,他正在树林上空飞翔,猛听嘭的一声枪响,一缕青烟在不远处升起,"呱——"一声凄厉的尖叫,鸟儿重重地落在地上,美丽的鸟儿在地上抽搐,血正往地上渗,一片殷红。

他快速地向下飞去,想赶快帮帮这只受伤的鸟儿。

"你……你……"受伤的鸟惊恐地张大眼睛。

"别怕,我们是同类。我只想救你,"他说,"我是来救你的啊!"

"你怎么长了一张人脸? 你是人装的。求求你快走开,别再伤害我啦! 我不指望你救我。正是你们人类刚刚用枪打伤了我。"

他脑子里一片空白:"我怎么还是人啊? 我不能要这张脸了。"

"你快走啊!"受伤的鸟儿浑身哆嗦着,歇斯底里地吼了一声。

他只好飞了起来。他发现,下面几个扛猎枪的人正在快速地向四处搜寻。有个人突然发现了他,叫道:"你们快看,天上飞的是什么?"

众人一起抬头:"啊,鸟,稀奇,人面的,我们发现了一种新玩意儿!"

几管猎枪同时举了起来。

他看到,几只黑洞洞的枪口跟着他慢慢移动……

迷 失

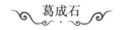

葛成石

钻进山里,东北佬就如钻进了梦境,一辈子走不出来的梦境。梦中,只有口袋般大的山村,草木丰茂,积叶覆地,蜂飞蝶舞,泉水叮咚。他几乎是闭着眼睛前行,这条道他太熟悉了,熟悉得如同走在自家只有三间土屋的瓦梁下。他希望闻着梦中的柴屑味、草花香,但一阵火药味呛得他几欲窒息。

又有一个山头遭殃了吧?这几座山呀,真是他的难兄难弟,先前是被铲去一身皮,种上茶树苗,还未结茶籽,又说发现了什么矿物质,被挖去了五脏六腑。

"难兄难弟哟!"东北佬默念着。他没有兄弟,他权且将这几个山头当兄弟。他不是东北人,他是地地道道的南方人,土生土长的山里人,"东北佬"不过是他的名字。他曾是守林员,守着茶岭村的所有山头。

当年他是多么自豪,村人问他上哪去,他昂首挺胸道:"上班喽。"

村人背后笑他:"看山就看山,以为你公家人,还上班喽。"

村里媳妇见了他会热情地招呼:"东北佬,来喝碗擂茶!"

他也不止步,字字铿锵地答:"没犯错误唉,不用查(茶)。"

一个叫招娣的年轻媳妇正午时分上山想偷柴,被东北佬逮了个正着。招娣说,不是偷柴的,来山林里纳凉。招娣说着就撩起衣襟,露出两堆白花花的肉。东北佬大步向前,踏得青涩的柴草味在阳光下四溅。招娣赶紧闭

上眼睛,头脑里掠过龌龊的念头。但她错了,东北佬从她身旁拾起镰刀,转身就走。那时东北佬已是个鳏夫,东北佬颇为自己的坐怀不乱沾沾自喜,以后有人叫他喝茶,他回答得更加豪迈——"没犯错误唉,不用查!"

东北佬的梦境被潺潺的水声搅乱了。换了过去,他会探入叮咚作响的山溪中,掬一捧清冽的泉水解渴。但如今不能了,那泉水呀,是从被掏空了的山体里流出的血液。

东北佬是村里第一个发现泉水变浊的人。山里不需要守林员了,没什么好守的了,他就靠着给村人打打短工度日。忙完秋收,他就成了村里一个多余的人。儿子外出打工了,村人视他如同空气,更没人招呼他喝擂茶。一闲下来,他就特想女人,一想女人就会想起招娣那两堆白花花的肉,想到那两堆肉就要悔,要恨,为何当初白白放过了招娣。他想:"山是茶岭村人的山,又不是我东北佬一人的。"

他在山里瞎转悠,瞎编瞎唱着蹩脚的山歌:"唉呀嘞——打只横排唉过只坳,望紧老鹰唉咬死猫,咬死猫都小事可,可惜我猫公冇老婆……"

唱得口干了就想捧一把泉水解渴,一看傻眼了:山间泉水浑了浊了。

他发现以后,回家扛了一把锯子,锯了几根上好的木头,就往招娣家里抬。他在招娣门前喊:"招娣,咱们的山我守不住了,给你几根木头,给你闺女打几件嫁妆吧!"

招娣从家里出来,泼了东北佬一身又腥又骚的东西,还骂道:"我和你八竿子打不着,为什么往我家抬?"

村人见了东北佬又"热情"起来了:"东北佬,你家招娣的嫁妆打好没有哇?"

东北佬这么走着,想着,一群老鸦扑啦啦地从他头上飞过,咿咿呀呀地一阵乱叫,直叫得他心头发麻。他连吐了几口唾沫,算是祛邪。想到邪,就真邪了,他连打了几个喷嚏。感冒了,他想。茶岭村刚涨了一场大水,冲毁了一些田地。田地冲了不打紧,只怕威胁到村人的屋脚了。村人就怂恿东北佬将木头贡献出来,往河堤处敲几根木桩,填些石块。

木桩打好了,村人兴奋地说:"过不了几天,水就要清了吧?"

东北佬说:"清你个头,清不了了!"

村人说:"是你和招娣清白不了了吧?"

许是被河水泡太久,东北佬感冒了,也许多爬几个山头,感冒就发出来了呢。

只爬到山腰,天就擦黑了。山体的肌肤这里裸露一块、那里裸露一块,像个受了伤的汉子。天边的一团乌云像灌了铅似的往下沉。再往上爬,还是往回走?东北佬突然失去了方向,四面八方都是大山的伤口,他像被掐了触须的蚂蚁,只在原地转着圈。遇上错路鬼了,他这样告诉自己……

溪水再没清过,村人都说是东北佬一语成谶。

村人想到东北佬时,离东北佬走失的日子已经很久了。村人找了几个唢呐手,在山林里嘀嘀嗒嗒地吹。

突然有老人喊:"你们看那穴坟墓!"

众人一看,墓前的芒草在风中飕飕地摇,一个熟悉的身影在摇曳中忽隐忽现。一老汉倒在芒草丛中,手里抓着个蚱蜢正往嘴里送,蚱蜢不动弹,老汉也不动弹,那姿势活像抱着孩子的老人,孩子熟睡了,老人也趁机酣睡过去……

迷途者与狼

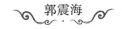

郭震海

故事依旧发生在簸箕庄。

漆黑的夜。在该庄的后山,阴森的丛林中,有一匹行走的狼。

它是一匹地地道道的北方狼,在没有狮子和老虎的北方丛林,狼就是王。

狼喜欢站在某一块高大的石头上,发出高亢的呐喊去证明自己的存在。

狼习惯用王者的姿态去审视远方。这匹狼走得不紧不慢,不慌不忙。

小达理这时正蹲在黑暗中,他听到荒草的轻微响动后想到了狼。

小达理蹲在地上屏住呼吸,他知道狼朝着他的方向走来,他担心它会伤害他。

其实,狼很早就注意到黑暗中的小达理。灵敏的嗅觉告诉它前方是一个小伙子。它注意着他的一举一动,它不敢贸然行动,它担心他会伤害它。

达理想起爷爷在世的时候常讲,狼是不伤人的。在国外,北印第安人的神话中,狼是主宰动物界的"长者"。它可以召集自己的伙伴儿和同类,命令它们去帮助神话里的英雄。

达理明显感觉狼离自己越来越近。

咚咚,咚咚——

达理听到自己狂烈的心跳声,在寂静的夜,声音大得仿佛震天动地,更

要命的是,此时他还光着屁股。

按理说,从小在山里长大的孩子是不会迷路的,可他今天迷路了。傍晚,他去给老张叔家送牛,返回时,想翻山抄近路,那样和走大道比起来至少要少走五里路。结果天越来夜黑,黑暗中他走得浑身是汗,几个小时过去了也未能走出丛林。漆黑的夜里,在密不透风的林木中,他辨别不清方向,甚至看不到天空。

他累了,坐下来休息,肚子一阵蠕动。他起身选择一棵树下,蹲下方便。也就在这时他听到了狼的声音,他光着屁股,蹲在原地不敢动。

狼望着达理。在狼的世界里没有真正意义上的黑夜,它喜欢在漆黑的夜里撒欢,喜欢在漆黑夜里自由行走。黑夜让人感到恐惧,黑夜是狼的天堂。

在离达理有一米远的地方,狼的脚步放慢了,停下了。它看到了达理光着的屁股和额头上的汗,它嗅到了达理的呼吸,那是过分紧张下的呼吸,吹过来的是湿漉漉的气流。

达理如一个盲者,他无法辨别狼与他的距离,通过判断声音,他知道狼离他已经很近,或许就在身后,他紧张得厉害。他生活的簸箕庄就在山的脚下,自从山上的植被受到保护后,就有了狼,甚至有狼在白天大摇大摆进过村庄,偷一只鸡或小狗。可那是在村子里,在白天。现在在丛林中,这里是狼的地盘、狼的村庄,他属于误闯者、冒犯者,是孤立的,是危险的。

狼盯着达理,它慢慢趴下了,小心翼翼,没有一丝声响。它用两只前蹄垫着头,目不转睛望着达理,就像一个淘气的孩子用手托着腮,望着池塘里行走的鱼。

其实,这匹狼认识达理,它多次去过簸箕庄,它看到达理去池塘里提水,看到达理和他的父亲一起去田里劳作。在狼的眼里,达理是熟人,它没有伤害达理的意思,它不明白这个小伙子为什么会在这里,为什么蹲在那里一动不动。它担心他是来伤害自己的同伴,这是自己的领地,它必须提高警惕。

漆黑的夜,茂盛的丛林中,面对一匹狼,没有声响比有声响更让人紧张。

达理感觉自己快坚持不住了,他双腿发麻失去知觉,随时都有坐在地上的危险。他一只手提着裤子,用一只手托着地,他无法看到狼此时在干什么,他无法预料狼何时对他发动攻击,他感觉喉咙干得厉害,他想咳嗽,但不能。他使劲儿咽着口水去湿润那仿佛就要冒烟的喉咙。

狼望着达理,它有足够的耐心,它无法明白这个小伙子要干什么,它看到他的手放在地上,它担心他的手里有东西,可以杀伤它的东西。它的毛发竖起,眼睛睁大。曾经无数次面对奔跑的山羊,甚至野猪,它从来没有像今天这样紧张,它在想或许他不会伤害它,可又感觉不可能。狼很矛盾,如果现在扑过去,自己肯定会胜利,它不想那样干,如果小伙子没有伤害它的意思,它不愿意去伤害他,因为他不同于一只山羊。狼使劲盯着小伙子的眼睛,它想从他的眼神里发现些什么。

"一个人走夜路遇到狼,一定要镇定,要真诚,要让狼知道你是不会伤害它的,千万不可蛮干,否则吃亏的是人。"

达理想着父亲说过的话,他不知道此时该如何去表达真诚。他恐惧,累,腿酸痛,他流下了泪。

狼看到了他眼里滚落下的泪水,它抬起了头。它迅速回望了一下身后,有足够的退路,它想试探一下小伙子,它轻轻用一只前爪子在地上划动落叶。

"沙沙,沙沙……"

达理听到身边传来声音,误认为狼开始对他攻击,眼一黑失去了知觉。

"扑通——"

狼被达理的倒地吓得呼地一下站起,毛发完全竖起,血液周身膨胀,它做出了随时扑过去的准备。然而,倒下后的达理没有了动静。

狼再次安静了下来,望着一动不动的达理,好久,好久。狼慢慢感觉眼前的小伙子不可能伤害它,它试探着起身,前行,他一动不动。

狼走到了小伙子身边,试探着伸出前抓碰了碰他,他依然一动不动。

会不会死了?难道是自己的举动吓死了他吗?狼似乎很忧伤。

　　狼凑近小伙子的鼻子,嗅到了他有微弱的呼吸,它伸出舌头舔他的脸,它希望他醒来,想起自己无数次进村庄,偷鸡吃狗,村庄里的人从没有伤害过它,今天小伙子来到了丛林,这是自己的地盘,它感觉自己待慢了他,它舔着他的脸,越想越忧伤。

　　后来,狼紧贴着达理卧下了,因为山里的雾气开始湿漉漉地弥漫开来,它想为小伙子遮挡湿气。一直到鸟儿欢叫的凌晨。

一株庄稼

郭震海

滴滴答答下了一夜小雨，天亮时分说停就停了，停得十分干脆利落。

高老憨醒了，他的开门声惊醒了一个村庄。

高老憨背着手穿过湿漉漉的柴垛走在湿漉漉的乡村小路上，由近到远走成了一个湿漉漉的、虚幻的影子，成为山的一部分。

按常理，下了一夜雨是不能下地的，但高老憨去了，他想去看看自己的庄稼。他一天看不见土地就会心慌。

老憨从地里转悠了一圈回到家后，用刚提上来的井水很畅快地洗了一把脸，正准备端碗吃饭，村主任小段走了进来。

小段进门后就喊了一声："叔——"

老憨咧开嘴笑了笑说："是主任啊，快进屋里坐。有啥事吗？"

小段赔着笑说："叫啥主任啊，以后就叫我小段吧。"他说着从衣兜里掏出烟，抽出一支递给老憨，又为他点了火。

小段也点了一支烟，吐出一口雾说："有件好事找你商量哩！"

老憨夹着烟问："啥好事？"

"叔，不瞒你说，你要发大财了，换句话说，咱黄河滩村都要发大财了。"

老憨听着糊涂起来，问道："到底是啥事，你快说啊，别云里来雾里去的。"

"咱们村后的神山峁那里全是土,对不?"小段说。

"对啊,那是咱们村最好的土地哩。原来神山峁是一片荒坡,四十年前村里的男女老少齐上阵,用了整整五年时间才开垦出来,当时狗娃、铁蛋、六顺、宝珠、发福、金海,这些人按照辈分你都应该叫爷了,他们都死在了那片荒坡上。神山峁是这六条生命换来的啊!"老憨说。

"俺听长辈们说过,大冬天吃不饱,还没有穿的,村里人赤脚站在雪地里忍着饥饿开垦神山峁,铁蛋爷和六顺爷就是为了抢吃土里的草根被塌方下来的冻土压死的。"小段说。

"是哩,是哩!你娘到现在都只有七根脚指头,你知道是为什么吗?就是当年冻掉的,她当时只有十几岁。"老憨说。

"叔,我今天找你,有一件大事和你商量,就是关于神山峁的。前天,城里一个投资商来村里,他看上了神山峁,想在那里修一个避暑山庄,到时候咱们村里的劳力都不用种地了。"小段说。

老憨说:"你说啥?要到神山峁修山庄?你同意了?"

"是哩,是哩!叔,这可是大趋势啊,别的村都在争,我是磨破了嘴皮子才争来的。如果真能实现的话,从今往后咱们村祖祖辈辈就不用靠种地过日子了,就可以依托山庄致富了。叔,这是一件大好事啊!"小段说。

"好个屁!"老憨火了,"庄稼人不种地,吃啥?喝西北风啊!如果开发神山峁,俺坚决不同意。"

小段没有得到老憨的同意,但这丝毫没有影响他的进程,村民代表大会、党员大会召开后,没有想到大家竟然一致通过,几乎全村人都同意,尤其是村里的年轻人,更是积极支持。

老憨在村里成了孤独者。他去找福庆的爹,福庆爹说:"你就别瞎操心了,就让人家年轻人去干吧,如果不种地坐在家里领钱也不是啥坏事。"

老憨说:"兄弟啊,我始终就弄不明白,你说庄稼人都不种地了,吃啥?如果都不种庄稼了,土地都盖成了房,会饿死人的。"

"老弟啊,你多虑了,咱们黄土都埋了半个身子,管不了那么多了,爱折

142

腾就让他们折腾去吧!"福庆爹说。

走出福庆家后,老憨感觉有一种莫名的失落。此时,推土机已经排着长队开始进驻神山岙,山庄的建设正式开始了。老憨病倒了。

后来,老憨死了。按照他临终的吩咐,儿子把他埋在神山岙脚下。

神山岙的避暑山庄建成后,原本寂静的山庄热闹了起来。正如村主任小段说的那样,黄河滩村里的村民们不用再种地了,女人们经过培训在山庄当起了服务生、清洁工、演员,男人们当起了保安、消防员。总之,人人有事干。原本明晃晃的锄头生锈了,犁铧成了山庄的展览品。

又是一个金色的秋天,天高云淡。人们惊奇地发现在老憨低矮的坟头上长了一株庄稼,孤独而健壮。据说,这是黄河滩村最后一株庄稼。

仁义的狗

刘正权

在黑王寨,三岁小孩可能不知道村主任是谁,但绝对晓得仁义大伯。

晓得仁义大伯了,自然就晓得仁义大伯家的狗,那是一条让寨里人宝贝得不行也羡慕得不行的狗,严格地说,狗比人还仁义。

这狗是有故事的,三年前,它救过仁义大伯一家的命,要搁古时,这狗就得叫义犬,可以上地方志,也可以上史书,死了还能立义冢的,多大的荣誉!即便在黑王寨这样偏僻的地方,也足以在一辈又一辈人之间口口相传的。

眼下,这狗正和一群小孩在寨口的大槐树下撒欢,它一会儿拿嘴拱拱这个孩子的大腿,一会儿用舌头舔舔那个孩子的脚丫。但更多的时候,它眼睛盯着路口,尾巴竖得高高的,耳朵支棱棱的。

孩子们都晓得,它这是在等仁义大伯,单等大伯一下车,它的尾巴就会摇得像车轮,耳朵扇得像钟摆往上扑,拿嘴使劲在仁义大伯身上拱,拿腰身拼命往仁义大伯腿上蹭。

仁义大伯也一准儿会笑着蹲下来,把它抱在怀里,用脸贴着它的头,用手摸着它的颈亲热一番,还不忘往它嘴里塞一根火腿肠。末了,仁义大伯才会站起身给孩子每人一颗糖果或一块饼干什么的,以前赶集回来都是这样的,何况这一回,仁义大伯赶的可是更远的集,是省城呢!

掰开指头数一数,黑王寨五十往上走的人中,有几个上过省城?大城市

呢,要多大有多大,大得黑王寨人有限的想象无法延伸下去。

仁义大伯去省城,是看儿子的,儿子念过几天书,心野,非得出去打工,一跑跑到了省城。

出去有什么好呢,在家千日好,出门一时难! 仁义大伯劝也劝了,骂也骂了,可不顶用,有几个五十岁的人能看得住二十岁的大小伙子?

这不,晓得出门难了吧,儿子托人从省城带了口信,要仁义大伯去一趟。

本来仁义大伯想带上狗一起去的,可他出不起两个人的车票,狗在仁义大伯眼里,同人是没区别的,狠一狠心,仁义大伯在出门前狠狠踢了狗一脚,狗才委屈得不行,没跟他下寨子。往日里出门,哪次不是仁义大伯背着手走在前面,狗撒着欢跟在后面,有时狗也会冲到前面,翘起一条腿,撒一泡尿,低头嗅嗅又扒拉点浮土盖上,狗这是留记号呢,怕回来迷路。

说到路,路口果然从杂树林中蹿起一股黄烟来,滚着滚着卷到了寨子口。

狗在扑来的尘土中紧闭了嘴,两颗眼珠盯着车门,它知道,仁义大伯一定会最后一个下车,他习惯了在任何场合谦让别人,但这一回,狗的思维没跟上仁义大伯的步伐,居然是他第一个挤出的车门。

狗没来得及调整欢迎的仪式呢,仁义大伯就阴沉着脸,夹着帆布包,踉跄着往回走,一脸的漠然,任凭狗在后面如何咬他裤腿也没回一下头。狗以为,仁义大伯会放下那个帆布包抱着它的头象征性地亲热一下的。

但是,没有! 连亲热都没了,那根见面礼火腿肠自然也没见着,狗有点生气了,对着帆布包使劲咬了一口:"以提醒仁义大伯该对它有所表示。"

这一咬,仁义大伯果然有了表示,他恶狠狠瞪了狗一眼,骂了一句:"找死啊!"

狗心里很委屈:"我明明是找食,你却装糊涂说我找死,我倒要看看,你帆布包里装了什么,比我还宝贝。"

别别扭扭回了家,一进门,仁义大伯忽然像见了阳光的雪人一样瘫在了地上,拼命捶自己的头,揪自己的头发,嘴里含糊不清地呜咽着:"叫你别出

门,非要不听,这下好,连个尸首也没落下!"

哭完了,仁义大伯想起什么似的,飞快闩上门,把帆布包拉链打开,取出两个红布包着的东西,一样是方方正正的纸,上面有红红的人头像;另一样很奇怪,就一根惨白的圆柱,莫非是新式的火腿肠。

只见仁义大伯把那根圆柱放在脸颊上蹭来蹭去,还放到嘴巴边嗅了又嗅,末了又用红布包好,警惕地看了狗一眼,重新装进帆布包。

一定是好吃的东西!仁义大伯向来这样,好吃的金贵的东西总要放得快不能进嘴了才慢慢地心有不舍地喂进嘴里,边吃还边咂摸不已。

狗的口水忍不住流了出来,长长的,不断线地滴到地上。

仁义大伯把包放到桌上,转身寻了柄挖锄出了门,一会儿,院墙外的树林里传来他吭哧吭哧的刨坑声。

狗这一回没仁义,它跳上了桌子。

那根新式火腿肠却没往日的好吃,没熟,里面有血腥气不说还带着骨节,狗吃完后伸长舌头寻思,这年月,城里人也不仁义了,一根火腿肠还弄得不三不四的。

狗是在半眯着眼时被仁义大伯一挖锄敲在头上震醒的,被敲蒙了的狗张大嘴,舌头上还沾着一点没吞进去的骨头渣子。它眼中的仁义大伯正疯了般把挖锄又一次抡圆了,仁义大伯眼珠子是红的,脖子上的青筋像蚯蚓般鼓胀着,他一准是疯了。狗摇摇晃晃爬起来,想凑拢仁义大伯,给他一点安慰。

偏偏,又一挖锄抡在自己头骨上,狗嘴里白沫喷出来,白眼翻了几翻,从喉咙里发出不连贯的呜咽来,它想不通的是,这么仁义的人,进了回省城咋就不仁义了呢?

仁义大伯忽然跪了下来,抱起狗的头,一任血和白沫溅在自己身上:"你太不仁义了,你咋比城里机器还不仁义呢,我儿被城里机器吃得只剩了一根手指,你不该连他手指也吃了啊!你是条仁义的狗啊,你该晓得的!"

狗好像真的晓得了,很仁义地垂下了头。

鸟 屎

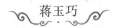
蒋玉巧

　　他最近倒霉透了:手开始无缘无故钻心地痛;手还没痊愈,脚又骨折了;脚刚能下地走路,肚子又赶来凑热闹,疼痛难忍。接二连三的霉事,弄得他心力交瘁。

　　他的好朋友知道后,连夜赶过来告诉他,本地有一种说法,凡是踩到鸟屎的人,便会时来运转。他却认为是无稽之谈,付之一笑。朋友临走时,力劝他不妨试试,反正又不损失什么。

　　他思量再三,决定试试。第二天,他早早起床,出门寻找鸟屎。可找遍城市的每一个角落,别说鸟屎,连鸟影子都没见着,真是奇了怪了! 他记得很清楚,小时候,母亲刚把洗好的衣服晾上去,突然"啪"的一声,一大坨鸟屎从天而降,落在衣服上。母亲很生气,对着惹祸的鸟们大骂:"该死的东西,滚远一点。"更有甚者,有时在院子里吃饭,吃着吃着,突然眼前一晃,定睛一看,一大坨鸟屎撒在饭上,恶心得直想呕吐。不过他转念一想,那是乡下,城里怎么可能跟乡下一样呢? 还是回老家一趟,老家找鸟屎那是坛子里捉乌龟——手到擒来。

　　屈指算来,自从父母双亡后,他将近有二十年没回老家了。走进山村,他感慨不已。昔日的山村已非昨天的模样,村前的小溪铺成了水泥路,钢筋水泥取代了茅草房,田地一片荒芜。

他的堂叔,听说他寻找鸟屎,长长地叹口气,说:"贤侄呀,别提了,早在几年前,就见不到鸟屎了。"

"怎么回事?"

"唉!作孽呀,真是作孽!"

他看着唉声叹气的叔叔,不再言语。告别叔伯、婶婶们,他又起程了。

此时,他开始有一点相信踩到鸟屎就能时来运转的说法了。就这么空着手回家吗?不!一定得设法找到鸟屎才行。

他想了很久,决定到更偏远的山村去寻找。七天七夜之后,他辗转来到了黑龙江的一个小山村,村民们热情地接待了他。当听说他为寻找鸟屎而来时,村民的脸色骤变,眼露惊恐之色,像避瘟疫一般四处逃窜。他还没弄明白怎么回事,突然,两个高大威猛的年轻人冲近他,不由分说,扭住他的胳膊,把他扔进一所黑房子里,然后"咣当"一声把门锁上。

这一切来得太突然了。半晌,他从地上爬起来,揉揉眼睛,摸摸疼痛的胳膊,丈二和尚摸不着头脑。这到底是怎么回事?难道是自己做错了什么,惹恼了这帮村民?他思来想去,觉得自己并没有做过什么出格的事情。是不是自己犯了村里的什么忌讳?

他正想得头痛,门吱呀一声开了,走进来三个男人,带头的是一个中年男人,看派头应该是个官,后面跟着抓他的两个年轻人。

两个年轻人,走近他,也不言语,架起他的胳膊,提到中年男人的身边,一个稍高一点的说:"村主任,您看怎么处置吧?是废他的胳膊还是废他的腿呢?"

中年男人挥挥手,示意两个年轻人放开他,盯着他看了片刻,叹了一口气,说:"长得人模狗样的,干吗尽干些坏事呢!"

他急忙说:"村主任,我没干坏事呀。"

"你说你打听鸟屎,不是想干坏事,是什么?"

"村主任,我只……只是想找一些鸟屎,我真没想过要干坏事。"

"别把我们山里人当傻子!你名义上寻找鸟屎,实际是寻找鸟的下落,这几年,这里的鸟快要绝种了,都是你们这些人干的好事!"

"村主任,不是你想的那样。你听我说……"他一口气把事情的前因后果和盘托出。

"真的?"

"你要是不相信,我发毒誓!"他马上举起右手,"苍天在上,若是……"

"算了,算了,我相信你。"

村主任告诉他,这几年鸟越来越少,鸟屎也成了罕见之物。庆幸村里有一位八十高龄的老人收藏鸟屎,老人说他想给后人留下一份宝贵的财富。

村主任带他去见老人,老人听明来意之后,二话没说,从箱子里捧出一个瓷碗,里面装着小半碗干鸟屎,颤颤悠悠从碗里抓出几粒鸟屎放到地上,说:"踩吧。希望你从此好运。"

他大喜,急忙抬腿对准鸟屎踩去。当腿快接近鸟屎时,突然一个急转弯,脚落到鸟屎的右侧。他蹲下身子,双手捧起那几粒鸟屎,像捧着稀世珍宝。

会直立行走的庄庄

庄 学

　　看到这题目,聪明的人就会意识到:"庄庄不是人!"人是什么? 是高级智慧动物啊。人区别于低级动物的显著标志,那就是会直立行走,会产生思想;会想尽一切办法控制对方,会贪婪地掠夺自然界万物而唯人独尊。人还会面对面地进行性活动,并将这种活动说成是做爱。有专家说了,人的直立行走和面对面的性活动是人类进化的重大基础,由此而奠定了人类在地球上的主宰地位。所以人可以称小猫小狗为宠物,而小猫小狗只会对人摇头摆尾做出小鸟依人状。

　　说到这里,有人明白了,敢情这庄庄是小猫小狗?

　　对了! 庄庄不是"卡拉",但同样是条小猎犬,男狗。

　　庄庄是条狗,它区别于其他同类的最大标志就是它格外聪明,它甚至会直立行走,使解放出来的前爪——呵呵,不叫前爪,叫手——能够有机会像人那样去劳动去创造。说了半天,你不晕乎也在去晕乎的路上了。我还是从头说起吧。

　　庄庄是只灰黄色的小狗娃,黑眼珠,黑鼻子,煞是可爱。我把它当儿子一样看待,这从给它取的名字上也能看出来。这里面还有一个小秘密:庄庄与我的生日是同一天哩。

　　我管庄庄吃管庄庄喝,还希望庄庄成才。成为什么样的才? 终极目标我也是模糊的。别人家的狗会直着身子向人作揖,俺家的庄庄也会;别人家的狗会替主人叼鞋拿东西,俺家的庄庄也会;别人家的狗见主人会摇头摆尾套近乎,见生人会狂吠一气,见半生半熟的人叫三五声再回头看看主人的脸色,俺家的庄庄有过之而无不及:见了提东西到我们家的或者给过它甜头的半生不熟的人,叫一声是提醒,叫两声盯着手中提的东西,叫三声就把东西往主人——我的手里拉,自己不克不扣。从这点上看,我就知道庄庄是可造之才,是只聪明绝顶的狗狗。主人被打发高兴了,什么样好吃的东西不都是由着庄庄吃!

于是把庄庄培养成为一只伟大的狗的终极目标在我脑子里逐渐清晰起来,并成为我们家进入新世纪以来第一件上升到规划议程的大事。

从专家的研究著作中,我获得了灵感:首先训练庄庄直立行走,脱离四肢伏地行走的方式。只有直立行走了,才会把前爪解放出来使之变成手。在不远的将来还要训练庄庄学会面对面地进行性活动,哈哈!将性活动提升到做爱的层面上,是不是低级动物向高级动物蜕变的一种质的飞跃呢?

巴甫洛夫那老头的条件反射原理成为我训练庄庄的总方针。我用了一根极具诱惑力的猪腿骨来充当训练庄庄的工具,举到庄庄想吃又吃不着的地方晃动,就如同行贿者口中许诺着、手里挥舞着的钞票一样。庄庄扑上来,我把大骨头随之抬高一些,再放下来;庄庄再扑上来,我再抬高。如此反复,给庄庄一个明确的信号,那就是想吃到这根美味的大骨头,就必须唯主人指令是从——学习直立行走。

庄庄直立的时间越来越长,我像教婴儿走路一样,拿着大骨头伸出双手诱导着庄庄向前迈出幼稚、蹒跚的步伐。庄庄真是一条聪明而极具智慧的狗,从一步两步到三步五步,庄庄会从客厅里摇晃着"走"到厨房寻找大骨头吃,从厨房再"走"到卫生间像人那样蹲到马桶上方便。当然,换取这些成果的代价是我的红烧肉变成了炖骨头,庄庄啃骨头,我喝汤。

一旦有了这些成果,作为人的我就显露出了未退化完的小尾巴,我就想向另外一群人显摆我的骄傲。

我备好了大骨头,把会直立行走的庄庄带到社区宠物经常聚会的那块绿地上。晚饭后的绿地上已经聚集了毛色各异、品种各异、性别各异的狗们,它们的主人围在一边观看和交流。庄庄的出现果然引起了人们的惊讶和羡慕:"啧,这狗是狗吗?啧啧啧,真是一只另类的狗啊!啧啧啧……"

庄庄骄傲地挺胸摇腚向地上趴着的狗们走去,狗们集体向庄庄注视了三秒钟,一只美丽雪白的小母狗探索般地围着庄庄转了一圈,还在庄庄的肚肚下面嗅了嗅,马上跑回了狗群中间。狗们一哄而散,继续着它们未竟的游戏。

庄庄独自站在那里,寂寞无比。

庄庄想走到狗们中间,走到那只雪白的小母狗跟前。可是庄庄走到哪里,狗们就逃离哪里。直立行走的庄庄并不比四肢着地的同类跑得快。

寂寞的庄庄环顾四周,身子不由地颤抖起来。它刚想放下直立着的身子,见我挥舞着的大骨头,又赶紧把身子挺直了。

我愉快而又自豪地向围着我的人们介绍聪明的庄庄,传授训练庄庄的经验。在我唾沫四溅的时候,人群外有人高叫:"天哪!那只直立行走的狗呢?"

我急忙拨拉开人群,只见庄庄四肢着地颠儿颠儿地奔向那只雪白而又美丽的小母狗,融入到了狗们的中间。

谷 雨

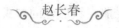

赵长春

《月令七十二候集解》：三月中，自雨水后，土膏脉动，今又雨其谷于水也。

《群芳谱》：谷雨，谷得雨而生也。

谷雨，雨生百谷。于是大地上的一切草木，都怀上了美丽的孕。

谷雨是春天的最后一个节气，所以，花儿们，基本上都妖娆地走了一趟，然后，就羞涩地孕味十足了。就如人生，前几十年总是情不自禁地表演或者表达，后半辈子自省地收敛。

花朵纷纷以暂别故枝的方式谢幕，果实们前呼后拥地上场，风雨兼程中透着喜悦。表现最明显的是杏子，甚至有些张扬。半月间，杏子就指头肚儿大小了，拨开风中的树叶，雀跃。梨子刚坐果，骨掩映在细叶中，簇簇似工艺的小伞。我很惊讶于那果把儿的细，竟要支撑一枚梨子从小到大，从春到夏，直到八月果香弥漫！桃花已萎，还有些留恋在枝头，就如云朵留恋天空的情怀，其实一点儿也不想走。银杏的花果絮细如发，叶子的脉络毕现，特别分明。柳树也孕出了果子，青色，一小粒一小粒地涌叠成细小的穗子，取代了鹅黄的柳眉，在风中一跳一跳地招摇。树荫已厚，虽没有匝地的感觉，但走进杨树林中，地面明显地深重了。

当然还有花在开着。油菜花纯金的黄是今天的主色调，虽然有的果荚已经出现。荠菜仿佛突然多了起来，因着累累的果实摇曳在风里，细碎的白色，在青翠的草丛中，很抢眼甚至有些鲜艳——挖荠菜的时候，没有发现这么多。芜菁的花也很碎屑，紫白相杂。还有一些不知名的草，似乎太自卑，因此在繁花过后才开放，因为碎小，就抱成团，热烈又热闹，你蹲下去的话，能感觉到它们在挤着眉眼，叽叽喳喳。

"三月八，枣芽发"，这是农家的俗语。"枣芽发，种棉花"，也是农家的俗语。枣芽确实发了，努力地鼓胀在铁白色的枝头。石榴像是还没有睡醒，去秋的枯叶还在枝头。楝树也在发芽，一芽一芽地翘在树枝的末梢。这个上午多云，阳光偶尔从云缝中飘落下来，很淡地涂抹着这些对春天迟钝的事物。楝树的花开在了夏季，似乎因此有股淡淡的青苦或者怨春的忧伤。厚叶、绿芽、色紫、味香，一棵香椿树，让我仰望了好大一会儿。

最受我关注的还是麦子。麦子长高的速度好像慢下来了，可是显出了孕期的肥硕。由于品种不同，有的在起茥打苞，有的已抱出了麦穗，高高低低，争先恐后。雨就要来临，风有些湿润，尘土的腥味很新鲜，但我知道，麦香味铺盖田野的日子就在不远处，很快。

谷雨种棉家家忙。地里忙忙碌碌的还是农民。种棉的不多了，收拾果树，种菜，拔草，修理田渠，喷药。男耕女织，不紧不慢，自由自在，恬淡地表达着对大地和天空的感激。我端详着一位农人，古铜色的颜面如土地的皱褶，岁月长长。狗儿们在庄稼间跑来跑去，呼朋引伴。老农对着狗儿们的嬉戏一笑，说了句乡间粗话，脸上泛了燥红。

"清明太早，立夏太迟，谷雨前后，其时适中"，古人认为这一天的茶最好。而在故乡，妇人或者女子一早采柳叶子，放在背阳的老瓦屋顶上风干做茶，明目去火，喝到来年。此时，故乡的母亲应该也在采柳茶吧？

谷雨过去，夏天很快就来了，小溪大河流蛙鸣，仿佛在我耳边喧嚷……

小 满

赵长春

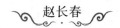

《月令七十二候集解》:四月中,小满者,物致于此小得盈满。

我是在布谷鸟的晨鸣声中迎接小满的。推窗,风有些凉,云有些重。布谷对自己的名字特别珍爱,一声又一声地呼唤自己,鸣叫不迭,就在远处的树梢,节奏拿捏得很准。我总觉得还是去年的那一只,虽然我一直没有见到过她。今年小满的准确时间为 5 月 21 日 11 时 34 分,我决定在上午 10 时后去田间拍照。

小满这一天更适合去看看麦子。捧一穗麦子在手,你会更准确明白这个节气的准确含义:小满,夏收的作物,尤其是麦子,进行着灌浆的冲刺,一天天走向饱满或者圆满。蚕豆也鼓囊着肚腹,毫无羞涩。一些野草也举着自己的子女在风里。

小满,行百里者半九十,十分关键的最后时期——这两天与故乡的母亲通电话,她还是如当年的这个时候对天气特别操心,甚至是一种祈祷:麦正要好天,正是顶籽粒的时候,又不敢缺墒;满麦满仁吧,老天爷千万别给脸色看。

小满意味着夏收作物的马上成熟,是夏收的前奏,同时夏种、夏管也排上日程,可以说是正在拉开三夏大忙的序幕,是一个大场面、大高潮的开始。

小满节气的到来,还意味着炎热夏季的正式开始。其实,最能标志夏季到来的女孩子们,已早早地穿上了裙子。或者说夏季是女孩子们的春天,她们以花的心情和姿态招摇在风中,表达着风的形状和去向。有一种杏陪着麦子走向成熟,俗名"麦黄杏",已有了个头,在枝叶间稍稍黄红了腹面;楝树进入花期了,风中传送着清苦的香。枣树的花蕾如同针头。石榴花刚撑开嘴。香椿也开了花,是一种碎碎的黄,将来的果子如小枣,是一味中药。梨子如拇指大小,很喜悦地成长着。不管气候变化有多大,物候还基本上是压着自己的步子,一样一样地呈现出来。

这几天的傍晚,没少在我经常看的那片麦子的小路上走过。经过一天的阳光,麦子的香在空气里弥漫着,沁人心脾。要是有风的话,远望,麦子们挨家挨户地延绵推涌,如波如浪地滚往天际。现在,她们静静地在田地里,做着忍耐和等待,为着与镰刀亲吻的那刻震颤的悸动和幸福!

其实,现在不用镰刀了。镰刀们被挂上墙后,很少再有这样的约会了,就这样被挂着,直至锈迹斑斑地老去,那一声叹息连几十年相伴的主人也没有听到那出古装戏——《包公辞朝》。河南的曲剧是最好听的。包公向宋王讲说农家十二月时,关于四月的唱词是这样的:"四月小满麦梢黄,置办农具该糙场。权把扫帚牛笼嘴,镰刀绳索和锄张。割一捆新麦吃稔馔儿,万岁呀,更比你山珍海味香!"说的就是小满来到之际,农家人要赶一场集市,买权把扫帚牛笼嘴镰刀绳索和锄张,要用牛拉着石磙平整麦场糙场,等着收麦了!

关于"稔(rěn)馔",也写为"稔转",河南各地的发音为"稔(niǎn)馔",读时要跟儿化音。明刘若愚在其《酌中志·饮食好尚纪略》说"(四月)取新麦穗煮熟,剁去芒壳,磨成细条食之,名曰稔转,以尝此岁五谷新味之始也"。这一食物出现时间不短了,起初只为宫中进食,让皇家"尝此岁五谷新味之始"。我的感觉倒是春荒时青黄不接,农家没有办法而创新的一种食法,否则只好挨饿。现在,稔馔倒成了星级饭店一种调剂口味的农家菜,与槐花、榆钱、灰灰菜等媲美了。

杨花无才思,唯解满天飞。在杨花的纷纷扬扬中,我走出不长庄稼的城市,为乡下小满的一些植物拍照。那些农人也不再觉得我的行为怪异,只管在地头看着麦子,皱眉看看有些灰蒙蒙的天色。甚或把一穗麦仔细点数,算计着亩产和收成。从秋播到冬护到春耕到现在,引水、锄草、喷药、灭虫,麦子是他们已出的孩子,到了长大成人的最后的日子了,生动着最美的表情。他们盼望着眼前饱满得风也吹不开的青绿最终成为沉甸甸的能够到手的金黄,马虎不得!

所以,小满是一个有着禅意和哲理的节气,能让你有一些有关做人的思考。小满可作为一种知足常乐的生活态度,淡泊平和,也可以让我们小心翼翼地珍惜即将到来的幸福。

在小满的风中,我紧靠一棵叫乡愁的大树,舒展心叶,一起守候片刻的安宁和真实。

夏 至

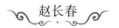

赵长春

《恪遵宪度抄本》：日北至，日长之至，日影短至，故日夏至。至者，极也。

虽然夏天的感觉早已到来，但节气上的夏天今天才来到。

今天夏至。

夏至早在公元前七世纪就被先人确定，是二十四节气中最早被确定的一个节气。曾经的夏至，人们通过祭神以祈求灾消年丰。如《周礼·春官》："以夏日至，致地方物魅。"即周人为清除疫疠、荒年与饥饿死亡，在夏至祭神。如《史记·封禅书》："夏至日，祭地，皆用乐舞。"如宋人以夏至之日起，百官放假三天。如辽代"夏至日谓之'朝节'，妇女进彩扇，以粉脂囊相赠遗"，很是雅致。直至大清，夏至仍是一个很重要的节日。

今天，于我，又是一个观察物候的日子。期间，有一条短信嗔我："夏至？什么意思？大热天跑地里晒油？"

我的回复是："夏至，可以打一四字成语，天长地久。"

我走进田间的时候是上午九时许，与一早流进房间的阳光相比，这个时候更显了火热和浓稠，一些花香于是就更浓烈，是一种烫香，缠裹着鼻尖热腾腾地缭绕。我蹲下拍那簇依然蓬勃的葛爬皮草时，草叶被阳光射透，透着青色的亮，片片轻盈。

麦子已经收罢,地里满是高高低低的麦茬,狼藉一片。与以往的人工用镰刀收割相比,现在的机收很粗糙。用镰刀收割,讲究的是茬口短、平、齐,还要有速度和质量,便于后面的人捆麦、运麦。所以,有一手好农活儿曾经是收获乡村爱情的好尺度。媒人都有一句常用语:"那孩儿(闺女)干活儿上不用说,手好着呢!"得用我们南阳老家的方言去读,才有味道。看着眼前的田地,想象着曾经的麦子们,感觉很复杂,特别是当年怕寻不到媳妇儿,我狠狠地学习割麦、打麦、扬场、犁地的那些活计。农家仍是忙,有人在田间打药、浇水。苞谷苗刚挣出地面,热浪滚滚中一片喊渴。"看着心疼。"浇地的一位老人说。孩子们只是回来急急火火收了麦,就又出去打工了。老人说舍不得地,地里啥都长,只要人勤。多少辈子多少年了,人离不开地。"谁都离不开!"老人说,"都去挣钱,地里没有粮食,吃啥喝啥!"说着说着,有些激动。老人很勤快,他地头的荒地上,豆角爬架,茄子秀花,小葱叶直,辣椒吊蕾。正如赵本山说的:"土地是妈,劳动是爹,只要啥种啥就往出结……"

花生已经成行,青油油的,给麦茬地绣出些许诗意。棉花顶出了五六片叶子,一拳高,谁能想象两三个月后它们能掩藏一些什么样的浪漫故事?谷子看上去像草,一筷子高了。高粱比谷子稍高一点,根儿还不壮,未被土埋全的就显出紫色的须。还有一种桃子,俗称毛桃,掩映在叶子中,接受阳光和风,青中露黄,尖儿微红。柿子如婴儿半拳,像是怕热,头向下,藏在一片叶子下;一个柿子一片叶,很规矩很听话,不争不抢。

田头有几棵躲过端阳节的艾蒿,瘦瘦地立在热风中。与其说瘦,不如说是老相了——因为端阳是艾成熟的最佳时节,叶子肥大,应被割下来,走到一家一家的门额上,药香辟邪——而此时,叶子瘦且枯皱着,有些伤春的意味,没有人欣赏,生命在寂寥中老去。

此时的艾确实有些伤春。古时,艾叫"相思草",很早就飘香在《诗经》中表达着"爱":彼采艾兮,一日不见,如三岁兮!

真盼望哪个女孩子此时来采艾!

可是,高天老日头下,大地苍茫,陪我的影子也极短……

羊

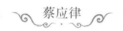

蔡应律

早起，当家人从圈里提着裤子出来，就说，那母羊病了。

当家人说这话时阴沉着脸。

没有人接话。

全家人都习惯了听当家人一个人说话，无论老的小的。

当家人的话其实也很少，很多时候，一整天里只说一句两句。当家人说完这一句话后，就提着刀子，去圈里连拖带拉地弄出那只他说病了的母山羊来，并在圈门外将它杀了。

那是只体形很大的母山羊，被岁月舔蚀过的毛色已经不是很黑了。从母山羊被割断的脖颈处汩汩涌出的血，冒着腾腾热气，呈深红色。这是它病了因而该杀的证据。

当家人取骑马蹲裆式剐那张已经不是很黑的皮，手法娴熟，如脱一件衣服，从那只很大的母山羊身上脱下来。

他正连剐带扯脱着，小羊来了。

这是只很小的羊。它那么小，身子还没有长开，几乎还是圆的，浑身毛黑如漆，泛着缎子般的光亮。它一路小跑而来，叫着丝绸般颤颤的、尖尖的、细细的咩咩声。

跑来的小羊围着那母羊和当家人转，弄不懂这二者一大早在忙什么、为

什么要这样做,也弄不懂这个蛋青色的早晨跟别的早晨有什么不同。

当然,小羊的到来丝毫没有影响当家人手上的活路,他干得利落而富有节奏。

偶有身影打圈门口进出,老的或者小的。他们是当家人沉默的家人。当然,他们也没有影响当家人手上的活路。

那衣服很快被剐下来了。当家人找出一些锈迹斑斑的钉子,将它的边边角角扯展了,毛面贴墙钉在土墙上。

它看上去如一张四川地图。

事实上,打当家人把这件衣服从老母羊身上脱下来并准备拿开那一时刻起,小羊就没了主张。有那么一小会儿,它停止了丝绸般颤颤的、尖尖的、细细的咩叫。它显然很犯难,它不认识被剐了衣服的白生生的母山羊,倒是那件被人生拉活扯脱下来后又拿走的、软塌塌的衣服,是它所熟悉的。它于是一路小跑,一面丝绸般颤颤地、尖尖地、细细地咩叫着跟了过去。

但当那件衣服,被里子朝外地张挂在墙上后,它又不认识了。它对着墙上看一阵,又丝绸般颤颤地、尖尖地、细细地一路咩叫着,回到了原处。

而这个时候,当家人已经将老母羊开膛破肚,并按照他自己的路数,在有条不紊地进行他自认为需要做的事情了。小羊于是又丝绸般颤颤地、尖尖地、细细地咩叫着,回到了那面墙壁前。

这个时候,那带着血迹的白亮亮的羊皮的某一个部位,有白色的液体渗出来了。

是那母羊的乳汁,从羊皮中部下方一块满布着白色颗粒的地方渗出来。那位置是母羊的乳房。由于有乳头在下面顶着,那位置在整张羊皮上外凸成一个小丘。

那乳汁白里透红,带着血丝,慢慢渗出,愈聚愈多,并开始向下流淌。

终于滴落下来,就滴落在墙脚一块尖尖的岩石上。那岩石其实是山体的一部分,遥想当年的造房者,房造好时,想必已将全身的体力消耗殆尽,再没有力气将它削平了。

　　小羊对着墙上的羊皮丝绸般颤颤地、尖尖地、细细地咩叫着。叫一阵，就站到那块石头上去。小羊就有这样的本事，它能将四蹄几乎撮拢一处，站到那块尖尖的石头上去。

　　它去够那件衣服。它够不着，从那尖石头上下来又上去，上去又下来，并且丝绸般颤颤地、尖尖地、细细地咩叫着。它蹄下的乳汁被蹭得肮脏了，而它的头上方，那乳汁，还在缓慢而艰难地渗出，聚集，并且滴落。

　　那其实已经是最后的一滴了。

　　稍远处的圈门口，当家人在按照他自己的路数，有条不紊地进行他自认为要做的事情。而当家人沉默的家人，仍影子般偶尔在那门洞里进出。

　　一周遭，是老箐沟早晨万古不变的蛋青颜色。

春天的故事

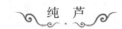

纯　芦

　　他一连想了三天,最终选择了衡水湖。

　　从市区乘坐十八路公交车,到终点站。他下了车,先是抬头看了一下。天很蓝,很亮。蓝得耀眼,亮得夺目。然后,他向西走,缓缓地。这条通往码头的小路,他曾经走过几次。

　　春天的码头,暖洋洋的。出租船只的大哥大嫂,脸上贴足了笑意。他们要他坐船去小岛一游,他说先等会儿。

　　他就站在那儿,看熙熙攘攘的人群,看五颜六色的船只,看色彩斑斓的帐篷。但,这一切丝毫没有感动他,没有动摇他必死的决心。他是来自杀的。

　　就在十几天前,他的妻子因病离开了他,公司也由于经营不善而破了产。双重的打击,让他不堪面对。逃避,他感觉是最好的选择。想到以前曾几次和妻子来衡水湖游玩,他感觉这里是最好的去处。

　　他没有表情地看着远方,眼睛里是缥缈的白。突然,他听到远处一声鸣叫。

　　定睛看过去,在离岸边不远的地方,有对水鸭。那两只小东西,懒洋洋的,在蓝天和阳光的辉映下,发着灰黄的光泽。分明是一对夫妻鸟。他睁大眼睛,带着艳羡的表情张望。

两只可爱的东西向远处游去。

他跳上了一只游艇。他要跟踪它们。因为,那是妻子曾经夸赞过的精灵。

但是,它们在他的眼皮底下失踪了。他有些丧气。于是,他想,还是继续找吧,在临死之前能看到妻子所喜欢的东西,也是安慰啊!

他就随着游艇继续向前去。他好像暂时忘记了自杀的事情。

船走到湖中心,停了下来。因为旁边有渔家在收网捞鱼,游客们纷纷要求看一下。

和他同乘的有好几名游客。

他就跟着看。

捞鱼的是三个汉子,他们叼着烟卷,穿着雨靴。他们黝黑的脸上,荡漾着丰收的喜悦,两只手不停地翻滚,一条条欢快的大鱼争先恐后地跳到船舱里。

几名游客欢呼着,雀跃着。他的脸上也露出了不易察觉的笑容。

就在这时,一声惊叫传来。有游客掉到了水里。

下意识地,他扑通跳了下去。

他迅疾地游到那名游客身边,托起了他。他是游泳高手。

同时,那三个汉子也扑了过来。四个人合力,游客得救了。

他的衣服湿了个精透,牙齿上下碰撞,浑身哆嗦成一团。突然,他看到旁边,出现了那两只水鸭。它们齐头并进,就那样默契地缓缓前行。他甚至感觉它们看了他一下,幸福地笑。

他的眼前就出现了妻子。妻子赞许地看着他。

有人就脱下衣服,要他穿上。

他说:"没事,我回家换吧!"

斗 狗

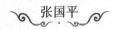

张国平

　　金桥狗市的远端,每当人头攒动,声如鼎沸,口哨声、呐喊声不绝于耳之时,必是斗狗大赛又开始了。

　　始初,两狗位于圈中,相互对视,各自振颈咆哮,互示其威。待松其颈索,两狗便龇牙咧嘴,疾如箭奔,相互撕咬。一时,尘土滚扬,血溅毛飞。顿时人声大噪,叫好声压过犬吠。

　　人们虽极盼爆冷,但几乎每次都是一黑毛狼犬最终胜出。每当败者蜷尾低嚎,血流满面,黑毛狼犬便血牙高叫,炫耀其威。

　　生活富足了,但人的精神世界异常空虚,人们太需要一场血腥来刺激麻木的神经。

　　最刺激的莫过于以弱胜强,爆出一场冷门,但每当斗狗结束,人们不禁再次失望。黑毛狼狗太厉害,打遍小城无敌手,在小城傲视群雄,堪称狗王。

　　黑毛狼狗叫野狼,听名字便可知它的凶残。野狼个头如犊,眼如铃,耳如鼠,头如虎,威风凛凛,王者风范。野狼朝圈内一站,让对手平生三分怯,大有不战而胜之势。

　　野狼的主人是一干瘦老头儿,人称董老爷子。董老爷子约莫六十岁出头,脸如古铜,眉似仙道,一副孤芳自赏、曲高和寡的神情。

斗狗多半为了钱,押宝越多主人越得利,狗便是主人的无尽财源。但董老爷子却不,每每携狗而来,又牵狗而去,不收半点提成。任凭押宝者喜形于色"呼啦啦"数票子,董老爷子也视而不见,一拍野狼的屁股,走人。

董老爷子要去一家叫"狗之家"的宠物医院。野狼虽天下无敌,但也会伤及皮毛,况且野狼拼尽全力伤了元气,董老爷子要带野狼去输液。不惜重金,董老爷子给野狼用最好的药,以便它休养生息,迎接下次挑战。

牛肉甚至参汤,野狼得到调理便很快恢复了元气,又变成一条野性十足、好勇斗狠的猛狗。对野狼,董老爷子不惜血本。

人们对董老爷子的行为大为不解,一条保赢不输的斗狗,为什么不利用它赚上一把呢? 每当问起,董老爷子总一副不屑的表情说:"钱算什么东西。"

"那你养狗为的什么? 难道只图好玩?"有人问。

董老爷子便笑,笑容里高深莫测。

小城还有一爱斗狗者,名曰邢六。邢六的斗狗原来称霸小城多年,但董老爷子和他的野狼出现后,邢六的名字几乎被人忘却了。邢六不服,又调养了几条斗狗与野狼争斗,但每次都是大败而归。

邢六彻底服了,总想找董老爷子讨教养狗之道,但董老爷子对他的提问都笑而不答,越发弄得邢六心头痒痒,好奇心又添几分。

为取得真经,邢六可谓是三顾茅庐,不厌其烦,一次次登门求教。为野狼买牛肉,为董老爷子买名酒,邢六真是铁了心了。

董老爷子虽态度有些缓和,但对养狗的秘诀仍守口如瓶。

这天有雨,淅淅沥沥的雨下了三日,邢六知道董老爷子一定在家,又拎上两瓶五粮液再登门。跟前几次不同,邢六这次只谈酒不谈狗。

饮,再饮,一瓶酒下肚,董老爷子终于面红耳赤,舌尖发硬。俗话说,三句话不离本行,邢六避而不谈狗事,董老爷子万万没有料到,忍了再忍董老爷子自己把话题转到狗题上。

董老爷子抿下一口酒,问邢六:"世上万理相通,知道不?"

邢六便红着脸答："知道。"

董老爷子又问："养人之理,养狗之理知道不?"

邢六伸脖子望着董老爷子的脸,摇头答:"不知道。"

"养人之理弄不明白,还养什么狗?"董老爷子叹息一声说,"养人似养狗,养狗似养人啊。"

邢六不说话,又给董老爷子斟上酒。

"千里之堤,毁于蚁穴,"董老爷子终于开口了,"养狗的秘诀有三:养狗首先得择狗,择其什么呢? 择其忠骨。这二呢,必诱之以利,无利可图即便是狗也免谈忠心。第三呢,肥之以体,习之以技,无实力可言还谈什么胜利。"

见邢六频频点头,董老爷子又问:"这养人之道你懂多少?"

邢六答:"一窍不通。"

董老爷子用揶揄的眼神望邢六说:"狗道如此,官道也如此啊。当官者欲稳其位,必先挑选忠孝者,挑选唯命是从之人。然后委以重任,以利诱之,可谓凡吾党者,摇而迎之,非吾党者,吠而拒之,网罗门户,党同伐异。再培养其察言观色、见机行事的能耐,你的官位便稳如泰山了。我说得对吧? 借官场之道用于养狗,你便无往而不胜。"

"对,太对了,"邢六疑惑,问,"莫非老爷子原本是官场人物?"

董老爷子仿佛被蜇着,抖动着放下酒杯,摆手说:"不说这个。"

又一日斗狗,野狼碰上一条不起眼的狗,那狗不但瘦骨嶙峋,而且是条母狗。尽管玩家来自外地,有道是来者不善,但董老爷子仍未放在心上,松了野狼的颈索,推入圈内。

野狼扑过去,但目标不是脖子,而是母狗的屁股。野狼丘着鼻子闻了又闻。董老爷子顿觉不对,刚开口训斥野狼,却见母狗回头钻入野狼裆下。野狼顿时嗷嗷狂吠着,萎缩在地上。

董老爷子懵懂,未见野狼重伤,怎么就倒地不起了? 董老爷子涨红着脸去看,只见野狼的睾丸气球般鼓胀起来。董老爷子自知坏事,忙抱了野狼奔

向"狗之家"。不幸,刚到医院门口,野狼的睾丸猛然破裂,气绝身亡。

母狗怎么知道睾丸之处是野狼的软肋?董老爷子掩埋了野狼的尸体,突然想到多年前发生在自己身上的那件事,羞愧得无地自容。

绝 招

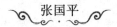

张国平

　　狸花猫赢了,居然打败了小城狗王野狼。有人欢呼雀跃,但更多的人痛心疾首。

　　野狼个儿如牛犊,眼如铃,耳如鼠,头如虎,威风凛凛,颇有王者风范。野狼朝圈内一站,让对手无不三分怯,大有不战而胜之势。董老爷子凭借它打遍小城无敌手,挣了不少银子。大凡野狼参赛,多数人都把宝押在它的头上。可是这次竟失策了,赔了个一塌糊涂。

　　狸花猫个儿小毛杂,瘦骨嶙峋,眼凸颧高,腿短尾秃,朝野狼身边一站,仿佛马戏团的小丑。老六操着一副天津口音介绍它的斗狗时,围观者一阵哄笑。

　　"狸花猫?究竟是狗还是猫?"有人取笑老六。

　　"我是来斗狗的,不是玩猫的。"老六言语不多,一脸庄重,说,"比就是了,谁赢谁输还不一定呢。"

　　瞅瞅老六,再瞅瞅狸花猫,董老爷子实在不忍拿野狼去斗狸花猫——很有点欺负人的味道。但外地客人来了,而且坚持要比,董老爷子不肯丢小城人的面子,便拍了拍野狼,送到圈内。

　　围观者纷纷押宝,大都赌在野狼身上,只有少数人心存侥幸押宝给狸花猫。按常理,狸花猫难成野狼对手,只不过赔率太诱人,一赔十。撞大运吧。

169

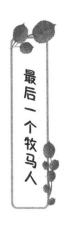

瞅瞅个儿小毛杂的杂牌斗狗狸花猫,野狼似乎也提不起精神,懒散地朝圈里挪,呜呜地发出低鸣,来杀对手的威风。平时,野狼的低鸣便使对手后退,一脸怯懦,锐气顿减。可是,狸花猫也呜呜地低鸣,两眼放绿光。

见虚张声势吓唬不住对手,野狼这才打起精神,一个前扑直奔狸花猫。眼看狸花猫即将被野狼扑在身下,可它却一个灵活的腾挪,闪在野狼身后。野狼还未及转身,后腿之间的那两团"肉球"已被狸花猫狠狠地咬住。

那是狗的命根子。野狼疼得狂吠,挣脱了,瘫在地上。

圈边优哉游哉的董老爷子已感大事不好,但却来不及了。野狼四肢朝上,痛苦地挣扎着,胯下的"肉球"鲜血淋漓。

董老爷子认输后不敢停留,急抱野狼去了宠物医院。

每次争斗以后董老爷子都会带野狼到宠物医院,为它输营养液,以恢复其元气。可是这次不同,野狼成了失败者,而且有生命危险。董老爷子斗狗多年,明白那是狗的软肋。

野狼的"肉球"迅速膨胀,刚到医院门口便气绝身亡。董老爷子一声叹息,流下几滴老泪。

收了应收的份子,老六话不多说,牵了狸花猫走人。

狸花猫一战成名,它的主人老六也一鸣惊人。

没人知道老六凭借狸花猫已闯荡江湖多少年,也没人知道他在狸花猫身上花了多少心血。

狸花猫虽个儿小身瘦,却有狼的血统,是狗狼三代杂交之物,兼有狗的忠诚、狼的残忍、猫的灵活和豹的迅捷。为了得到狸花猫,老六花了十年的工夫。

每逢喂食,老六便将食物做成两团"肉球",系在绳头在空中摆动,狸花猫只有扑到才能进食。等狸花猫略微大些,老六又制作一条布狗,如真狗一样大小,将"肉球"状的食物夹在布狗的胯下,然后牵引布狗疯跑,狸花猫只有追上布狗,再准确地咬住"肉球"才能进食。初时示范,狸花猫常常因为扑不到食物而饿肚子。机会只有一次,老六绝不给狸花猫第二次机会。目的

只有一个，那就是让其一击致命。

久而久之，狸花猫便练就了专咬对手"肉球"的绝招。

老六带狸花猫周游天下，战胜无数对手。

计划得逞，老六不会在这座城市多待，而是去其他地方故伎重演。再来同一区域的另一座城市也要等到两年以后，等到人们的议论渐渐平息了，记忆模糊了，老六再悄悄地出现。绝招一旦被破，便不成绝招了。

老六去南方闯荡了三年，再回中原，来到了距小城百里之外的汴城。汴城乃几朝古都，斗狗盛行，老六准备好好再赚一把。

狸花猫的对手同样威猛高大，老六的对手却幼小稚嫩。老六感叹："一个小孩子怎么能养出这么凶猛的斗狗？"

老六说："斗败了可不准哭鼻子哟。"

小伙儿笑呵呵："比就是，谁赢谁输还不一定呢。"

便斗。

对手一个前扑，狸花猫机灵地闪开，直奔对手尾部，张口朝对手胯下咬。可是，狸花猫落空了，对手胯下并无"肉球"。狸花猫犹豫间，对手转过身来，一个狮子大张口，将狸花猫甩出很远。狸花猫脖颈鲜血淋漓，在地上挣扎。

老六上前细看，果不见那狗胯下的"肉球"，大呼上当。

老六的肩膀被人轻轻拍了两下，回头看到一老者，似曾相识，却记忆模糊。

"我等了你三年，终于让我在这里碰到你了，"老者叹息，"只是，为了赢你，我的斗狗受委屈了。"

老者收了应得的份子，喊了声"孙子"，牵斗狗欣然而去，留下老六抱着狸花猫心如刀割。

老者走出很远，回头说："天津的客人，我姓董。"

"生于忧患，死于安逸。"老六仰天长叹。

井底之蛙

石 磊

　　古井里有两只青蛙，一母一子。小青蛙从来没有离开过古井，总想到外面去看看，但因井底距井面很高，无法如愿。有一天，大雨倾盆，下了三天三夜。井水满了，青蛙终于有机会跳出古井。当青蛙跳出古井时，天一下开阔了。它感到一切都是那么新鲜，琳琅满目，各种不同的声音也灌耳而来。外面的世界很精彩，它该感谢这场洪水。在井底里，它能看到的只有老母亲。

　　井蛙高兴地奔跑起来，见到谁都十分亲热，都跟它们打招呼。走着走着，井蛙看到一条眼镜蛇，它不知道蛇是蛙的天敌，快步上前跟蛇打招呼，说："你好。"

　　眼镜蛇看着向自己奔来的井蛙，一时蒙了。眼镜蛇心想："所有的青蛙见到我都是拼命地逃跑，哪像这只井蛙，不但不逃跑，反而显出亲热。"眼镜蛇高昂着头，张开血盆大口。当眼镜蛇看到井蛙的肤色时，感到有点不对劲。因为井蛙在井底里从没有见过阳光，皮肤雪白雪白的。眼镜蛇认为它是一只毒蛙，所以才不怕自己。因而，眼镜蛇不敢轻举妄动。井蛙见眼镜蛇不理它，也就跳开走了。

　　井蛙走了没多远，碰上了几只青蛙，其中，有一只青蛙对它说："你的胆子好大啊，那最凶最恶最毒的眼镜蛇，你也不怕？"

　　"什么，那就是眼镜蛇？"井蛙一听，大吃一惊，脸色也变了。

此时，井蛙想起了母亲的话："那身子长长的圆圆的就是蛇，它们是最可怕的，它会把你整个身子吞进去。"想到这里，它浑身起了疙瘩，又禁不住回头望去。不看则已，一看吓一大跳：眼镜蛇逮住了一只大老鼠，那只老鼠至少比井蛙大五倍。顷刻，那只老鼠被眼镜蛇吞了下去。

井蛙害怕起来，追赶前面的几只青蛙，想远远地离开眼镜蛇。不一会儿，井蛙追上青蛙们，和它们一起在绿油油的稻田里觅食。井蛙看到一只小黄蜂，以为小黄蜂就像苍蝇、蚊子之类的昆虫。井蛙看着小黄蜂想：外面的世界真好，什么美味都有。井蛙张开嘴巴去逮小黄蜂，被小黄蜂蜇了一下，痛得乱蹦乱跳，哇哇大叫，嘴巴一下子肿起一个大包。井蛙的痛还没有消失，又听到同伴叫起来："抓蛙的人又来了……"井蛙不知道隐蔽，很快被抓蛙的人抓住了。抓蛙人看着手中的井蛙，自言自语："嘴上长着一个包，不是长瘤了吧？"抓蛙人想了想，又把井蛙扔回了田里……

雨刚停，几只青蛙想返回河里，井蛙的速度很慢，走在最后面，落下一大段距离。忽然，走在前面的青蛙又大叫起来："快往河里跑，鹰来了，鹰来了。"

井蛙心想，这回自己死定了。自己落在最后面，肯定被鹰追上。它回头看，看不见鹰。前面也没有。鹰在什么地方？忽然，鹰从天空俯冲而下，叼住前面的一只大青蛙，又飞上了天空。这回井蛙才知道：鹰是从天上来的。鹰为何不抓自己呢？也许是因为自己掉队了，鹰没有发现。

前面的几只青蛙都跳进河里，井蛙不敢怠慢，也加快了脚步。井蛙一到河里，那几只青蛙已不见踪影，不知到哪儿去了。井蛙东找西找也找不到。此时，井蛙看到几条大黄鳝向自己游来。井蛙以为黄鳝是蛇，掉头拼命游走了。好不容易，井蛙才摆脱了黄鳝。

井蛙从井里上来，遇到了这么多的危险，几次险些丢了生命。它越想越害怕：外面虽然精彩，但危机四伏，无处不险，随时都可能丢掉生命。这样的日子没法过了。井蛙从河里爬上岸来，想回到井里去。

几经周折，井蛙终于又回到了古井里，继续和母亲过起太平的日子。

濒危动物一种

晓·尧

为庆祝我十岁生日,爸爸妈妈决定带我去一个很远很远的地方进行野外考察。

带上必备的生活用品和野外考察工具,我们登上无人驾驶、全数字化的轻型飞机,经过六个多小时的长途飞行,到了卡布罗卡自然保护区。

这是我们这个星球已不多见的野生世界。这里生长着不少珍稀的动植物。"孩子,说不定我们这次会有不少收获呢!"作为濒危动物保护协会会长的爸爸拍拍我的头,笑呵呵地说。

爸爸在濒危动物保护方面卓有成效,为此,他获得过世界动物保护协会授予的最高荣誉。

飞机在卡布罗卡半山一块空地上降落。爸爸从行李架上取出一个方形包,手指勾住拉环一拉,方包舒展膨胀开来。原来是一顶帐篷。

吃过晚饭,我们一家三口钻进帐篷休息。帐篷是透明的,可以看见澄净的天空上半轮月亮分外皎洁。有动物的嚎叫声隐隐传来,把荒山野岭的夜叫得空旷而幽静。我害怕起来,瞌睡虫被吓跑了一大半。

爸爸给我拉了拉睡袋,说:"孩子,不用担心,帐篷是用特殊材料制成的,就是刀子扎也扎不破,因此,无论多凶猛的动物,都无法袭击我们的。"我这才放心地闭上眼,进入了梦乡。

第二天一早,我在一阵清脆的鸟叫声中醒来。吃过早饭,我们的野外考察正式开始。爸爸在前面开路,妈妈殿后,我夹在中间,钻进了前面坡地一片阴森的丛林。

途中,爸爸不时停下来,跟我介绍这棵树是什么树,这丛草是什么草,那株花是什么花,大都是我从没有见过的。可惜,我对它们不怎么感兴趣,所以连名字都记不住。

我对动物的兴趣远远超过了植物。树林里不时跳跃而过的小动物,引起了我极大的兴趣,我打开随身 DV 忙个不停地追拍着。

不知不觉,我脱离了爸爸妈妈的队伍。突然,脚下一绊,身子一倾,我本能地伸手向旁边的树枝抓去——抓到一根柔软、冰凉的东西! 等我意识到不妙时,那东西已经在我手腕上咬了一口。

我惊惧的叫声一下把爸爸妈妈"拉"了过来。

爸爸认出,这是一条非常毒的蛇,于是迅速打开随身医药包,对我进行了紧急救治。随即把我背回出发点,让妈妈送我回去治疗。

真不走运,出师不利。我和妈妈只得坐上飞机打道回府,爸爸留在山里继续考察。

经过一周的住院治疗,我完全康复。回到家,我美美地睡了一觉。早上醒来,我感觉浑身舒服了很多。院子里,妈妈在朝我招手。我跑过去,妈妈兴奋地告诉我:"孩子,快看,这是你爸爸这次考察的收获。"

"爸爸回来了?"

"昨晚回来的,很晚了,就没叫醒你。"

笼子里的小东西有十多厘米长,尖尖的嘴,小小的耳朵,细长的尾巴,两颗绿豆般的眼骨碌碌地转,显得非常惊恐。

"这小东西叫什么呀,我怎么从来没有见过?"

"孩子,这是我和你爸爸留给你的暑假作业,你可以根据它的体貌特征去查查资料,了解了解关于它的种属和习性。"

"好吧。"

就在爸爸要把这个小东西送到动物保护园的时候,我的机器人助手帮我查到了关于这个小东西的部分资料——

它属于啮齿类哺乳动物;

它昼伏夜出,擅攀爬,跳跃能力强,能游泳;

它们的生存适应能力特别强,从炎热的赤道到冰天雪地的两极,只要是地球陆地上可能生活的环境都有它们生活过的足迹;

它们有旺盛的生育繁殖能力,身体尚未发育完全就可以生儿育女,每年可产五至八胎,每胎产五至十四只;

它们是杂食性动物,喜欢偷吃人类的粮食,毁坏器物,传播疾病和瘟疫,因此遭到人类的仇视,曾被人类列为四害之一;

差不多在两百年前,由于人类发明了一种强力捕杀药剂,使它们的数量急剧下降,等人类意识到将再也见不到它们时,它们已经濒临绝种了;

它们的名字叫老鼠,俗称耗子……

狼的传说

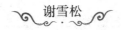
谢雪松

多年前,由于人类对生态的严重破坏,造成森林面积大量减少,草原慢慢变成了戈壁,令许多小动物纷纷绝迹。对于狼来说,这可不是一件好事,生存的危机不得不让狼群集合在一起,共商以后的出路。

经过紧急磋商,大部分的狼认为,现在,能救它们的,唯有人类。人是万物之灵,能呼风唤雨,为所欲为。

也有狼持不同的意见,说:"人类一直就仇视我们,要是去找他们,岂不等于羊入虎口?"

狼王说:"你们的观念必须要改变。在这个世上,没有永远的敌人。就譬如狗,它们和我们是近亲,还号称人类的朋友。它们在人类的庇护下,活得逍遥自在。这是为什么呢?因为它们对人忠心。细究起来,我们其实比狗聪明,狗能做到的事,我们为什么不能?难道,我们连狗都不如?"

众狼纷纷点头,陷入沉思。

"所以,我决定,"狼王继续说,"派代表和人类谈判,做人类的朋友,就算帮他们看家护院,也没有什么大不了的。毕竟,活着,比什么都重要。"

"不,"有几只狼大吼,"那样做,我们和狗有什么不同?狼就是狼,狗就是狗,宁死我们也不会低头。"

"好,"狼王仰天长嚎,"我也不勉强大家,道不同,不相为谋,你们就等着

横尸山头吧。"

在进行了多次艰难的谈判之后,人类终于同意与狼和好,但同时也提了几点要求:"一、狼要对人类忠心耿耿,不得有异心;二、人类喂骨头时,必须摇尾以示感激和友好;三、要和狗交朋友,多向狗讨教与人类相处的方法;四、人类想吃狼肉时,必须毫无怨言,不得怒目而视……"

狼终于过上了相对安定的日子。虽然,失去了一些自尊,失去了驰骋的快感,也失去了些许的自由,但是狼认为,还有什么比生存更重要的呢?

许多年过去了,待在人身边的狼已经忘记过去的生活,甚至忘记了自己是狼。它们都认为自己是狗,一只必须对人类忠心的狗。它们已经习惯了被人类摆布,或是做人类的宠物。它们极力讨好着人类,可以为一根骨头摇尾乞怜,也可以为人类的抚摸而欢欣鼓舞。而人类,也似乎忘记了以前的狼是什么模样。在字典里,他们是这样介绍狼的:狼,属于狗的一种,性情温顺、肉味鲜美、皮毛可做衣服……

但是,谁也想不到,在深山僻静处,还生活着一群真正的狼。它们正是以前不愿跟随狼王的几只狼的后代。直到现在,它们一点也没有改变。它们苦苦地挣扎着,并为自己是真正的狼而感到自豪。为了找回以前的辉煌,它们决定去劝服人类身边的狼,让它们回到山林中来,重振以前的雄风。

也许,这些狼真的太天真了,习惯了人类庇护的那些狼,怎么可能听得进去呢?它们嘲笑着山林中的狼,还扬扬得意地抖动着肥胖的身躯。最后,甚至还联合起来攻击山林中的狼。

"我们的同胞已经被狡猾的人类蒙蔽了心灵,"头狼悲愤地吼道,"我们必须为尊严而战,我们要唤醒我们的同类,同时也要让人类知道,狼就是狼,而不是任人摆布的狗。"

这一群狼正式向人类发起了挑战。它们攻击人类,咬死或咬伤人类养的牛和羊,还要求人类为狼正名。

对于这些狼的疯狂举动,人类感到可笑,他们在媒体中报道说:"有几只可笑的疯狗,居然自称是狼到处为非作歹。对于这些疯狗的行为,我们感到遗憾。不过,为了社会的安定,我们也必将严厉制止这一臆想行为……"

狼群再次受到了生存的威胁。在紧要关头,它们不得不再次求助人类身边的狼,让它们清醒过来,为自由、为尊严、也为了"狼"这一个字眼而战。

事实再次证明,它们是彻底的失败者。人类身边的狼,也或者是狗,群起而攻之,加上人的围剿,最后只剩下一匹狼独自逃回了山林。

舔着身上的伤口,这匹狼流下了悲伤的泪。它的泪,不是痛,而是一种无限的哀伤。它对着天空久久地嚎叫,一声声,凄凄戚戚。

也许不久后,这世上唯一的一匹真正的狼也将死去。那时,狼就永远成了一种传说。

环保中国·美文馆

爱的距离

刘 超

和老耿来这里已经守三天,始终没有发现野猪的影子。

老耿伏在深草丛紧握着猎枪,因熬夜而通红的双眼死死地盯着前方不远处的一片玉米地,就在上周,这块玉米地被野猪糟蹋了,那可是农民一年的收成,看着眼前东倒西歪的玉米秆,老耿牙齿咬的嘎嘣响,攥枪的手握得更紧了。

老耿是我们这里出了名的猎户,打野猪几乎没有失手,如果不是跟着他,我这个刚从大学毕业的书生蛋子是断然不敢来的。

今天已经是第四天,连守三天都没有收获,心理难免失落,但听老耿说过"一猪二熊三虎",意思是说,野猪发起狠来比熊和虎都还厉害,想到这里,倦怠的心又立刻变得紧张,身体也不由地向老耿移动了一些。

"来了。"老耿悄声提醒我。

我双手不由地紧紧抓着老耿的胳膊,尽量将身体趴得更低。

野猪也许听出了点风吹草动,倏地抬起头左右张望,待确信没有什么声音后,便朝着不远处的小树林方向看了一眼,然后继续向前啃食着玉米棒子。

"砰"的一声,枪响了。

"打中了。"老耿连忙追上去,但这一枪显然不足致命,只打穿了野猪的

肩胛骨,野猪踉跄着向前跑。

我从没想过野猪也能跑那么快,只一眨眼的工夫,它已经冲出了玉米地,把我和老耿甩在后面。

眼看着野猪就要冲进小树林,老耿也打算放弃时,只听"嗷"的一声,野猪停下来,而且四处打转,从声音可以判断,它此刻异常痛苦。

"野猪踩夹子了。"老耿第一个反应。

果然,从三十米开外的地方看到,铁夹子正牢牢地夹着野猪的一条腿。

野猪痛苦地嗷嗷直叫,但我始终纳闷的是,为什么野猪一直看着那片小树林? 难道仅仅是因为小树林是它的庇护所吗。

老耿再次举起猎枪,这次肯定是万无一失了。

哪知,正准备扣扳机的时候,不可思议的一幕发生了,野猪露出雪白的獠牙,只听"咔嚓"一声,被夹的那条腿被咬断了。

快得老耿都没有反应过来。

"不好,野猪要逃!"老耿迅速举起枪。

这时,我和老耿清晰地看到,三只小野猪,蹒跚着,蹦跳着来到大野猪跟前,一只小野猪乖巧地舔舐着大野猪被咬断的腿,野猪一家就这样,缓缓地慢慢地走进小树林。

子弹最终没有发射出去。

多年过去了,野猪一家团聚的情景始终萦绕在我眼前,我相信,那片玉米地至小树林就是——爱的距离。

愤怒的水牛

张爱国

一阵春风吹来,大草原仿佛瞬间换上了绿装。

迎着春风,水牛劳努一声哞叫。在这哞叫声里,劳努脱尽了稚气和脆弱。现在,劳努成了一头名副其实的健壮的公牛,它的身上,从头到尾,从内到外,每一个毛孔里,都充满了力量和冲动。它再也不需要在它的族群的保护下担惊受怕、受尽屈辱地活着了。相反,作为一名男子汉,劳努清楚,它现在有义务保护它的族群。

劳努第一次从族群的中心走出来——两年多来,劳努和它的小伙伴们一直在那里接受族群的庇护。走出十几米,劳努站定,高昂着头,轻轻摆动它那对象征成熟、力量和尊严的犄角,威严的目光像探照灯一样,四下扫射。它要给一切胆敢冒犯、企图以它的族群为猎物的敌人以毁灭。可是,四下里,所有的动物都专注于吃草,除了那个狮群。

那个狮群,正屈膝折腰、蹑手蹑脚、鬼鬼祟祟、丑态十足地伏击一只麋鹿。劳努不由地想笑:看似凶狠的家伙们,现在,也只能欺负这些小动物了。劳努又不由一阵心酸:这些可恶的狮子,仅仅在这春风到来之前,还无数次地入侵自己的族群,无数次要以自己为食——要不是族群的拼死相救,劳努早已成了它们的排泄物。劳努不由地愤怒起来。

愤怒的劳努倒希望那个狮群再来打自己和自己族群的主意。

一阵追逐,狮群并没有捕住那只灵巧的麋鹿,却真的向自己走来。劳努不由得一阵激动,摆摆头,明媚的春光下,它看到了自己那对镰刀一般的角,坚硬,锋利,有力。劳努充满了战斗的渴望。

狮群越来越近。劳努的头愈发抬高,屏气凝神,它不想发出任何响声以惊动它的族群,它要让它的族群不知不觉中,只靠自己就将这群无知的敌人重创或消灭。

狮群又开始卖弄它们自诩经典其实丑陋的伏击动作了。丑陋的家伙们,自以为隐蔽得高明,却不知一切早已尽收劳努眼底。劳努四足蹬地,全身的力量开始向脖颈、头颅、犄角暗暗运送。劳努盯死了那只领头的狮子,只要它一上来,它的犄角就要插穿它的肚腹,再将它整个地挑向空中,摔向远处,摔得粉身碎骨。

狮群却停止伏击劳努,转向劳努的族群。丑陋的家伙们,一定被我的力量和气势给吓着了,劳努想,就要迎上去。可那边,狮群已摁倒了一头小牛犊。劳努纵身冲去,镰刀一般的犄角斜刺过去,却刺空——狮群放开小牛犊,逃散了。劳努打了一个趔趄,站稳。还好,小牛犊艰难地爬了起来,身上却留下了好几道伤口,鲜血汩汩地往外流。劳努突然想到了自己,两年里,好几次,劳努就和这个可怜的小弟弟一样,被这群狮子撕咬得浑身是伤。劳努大怒,冲出团团护住小牛犊的牛群,冲向一边已若无其事观看的狮子。

劳努追赶的是那只头狮,劳努颈部的伤疤就是它一年前留下的。头狮虽然拼命地逃跑,但还是眼看就要被劳努追上。头狮惊惨的叫声,仿佛给劳努注入了兴奋剂,再有最短的时间,劳努的犄角就要挑上头狮了。面前却出现了一片灌木丛,头狮钻进去,不见了。劳努不放弃,在灌木丛里四蹄踩踏,犄角扫荡。

劳努直喘粗气,但不停下,它只想将头狮找出来。一阵骚乱声传来,劳努一看,狮群,包括那只头狮又在进攻自己的族群了。劳努再次冲过去,它的步伐分明有了一份沉重。

狮群又一次逃开。劳努又一次犄角抢空,前肢跪地,两次发力才站了起来。劳努看到刚刚受了伤的小弟弟身上又多了伤痕,伏在地上颤巍巍地爬不起来。劳努盛怒,冲向头狮。

头狮这次直接跑进灌木丛。劳努几乎将灌木丛翻了遍,却毫无头狮踪影。劳努的头上、颈上、腹上、腿上伤痕累累,但它毫不顾及,现在,它体内的每一丝血管都塞满了愤怒的因子。

头狮竟然主动接近灌木丛。劳努没有发觉,也没必要发觉,它依然在疯一般向灌木丛发泄自己的愤怒。

又一只狮子走向灌木丛。

第三只、第四只狮子逼向灌木丛……

情况似乎在悄悄发生变化。这一点,从水牛群初始时向劳努的哞叫声和最终离它而去的蹄声中能够听得出,从越来越多的狮子和狮子们的冷笑里能够看得出(如果狮子会冷笑的话),唯独劳努听不到,看不到。它只沉浸在愤怒里,虽然灌木丛与它并没有任何仇恨。

劳努终于瘫软在地。

我们无法知道,劳努在任由头狮扼住自己咽喉的时候,是否意识到愤怒真的是魔鬼?

遭遇大白鲨

毛毛虫

澳大利亚西海岸,阳光和煦,微风习习,蓝丝绸一样的海面上,海浪商量好似的,手牵手,肩并肩,脚跟脚,悠哉游哉,悄无声息。

博特和温克耶驾着小渔艇,随波逐浪。发动机激起的浪花,碎玉一般,洒在柔软的"蓝丝绸"上,瞬息也温柔起来。

博特倚靠艇舷,一手夹着烟卷,一手举着望远镜,眺望如画的海面。温克耶打开一听金枪鱼罐头,凑近鼻子嗅了嗅,继而一个夸张的赞美动作。他们的面前,煮沸的咖啡,香气袅袅,只引得大大小小的海鸟在头顶上贪婪地盘旋。

"嗨!伙计,看,那是什么?"博特惊叫道。

温克耶拿过望远镜,望去,百米外的海面上,一大片水花,宛如数只大大小小的白天鹅在悠闲地舞蹈。

"鲨鱼!是鲨鱼!"温克耶兴奋的语气里又分明夹带担忧,"伙计,我们得让开它吗?"

"不,"博特端起咖啡盏,抿一口,"它是一只海豚。伙计,你见过这么温柔的鲨鱼?"

"不错,这里离鲨鱼区还远着呢,"温克耶仿佛又有了些失望,"不过,我还真希望见到那个大家伙,一定刺激。"

185

"白天鹅"踩着舞步越来越近，不到三十米了。"真是大家伙！伙计，快跑！"博特突然惊叫，丢下望远镜，加大马力，柔软的"蓝丝绸"立即"碎玉"飞溅。

"轰隆隆"的马达声里，温克耶提高嗓门："没这么夸张吧，伙计，我真想会会这个大家伙。"博特不搭话，将马力加到了最大。

那边，"白天鹅"不再是舞蹈，而是低空飞翔，伴随着"哗哗"的水声。近了，主角清晰了，真是一头大白鲨。温克耶来不及惊叫，大白鲨就蹿到了小艇的一侧，比小艇还要长出一二米。

大白鲨分明没见过这种在水面上"哒哒哒"快速游蹿的黑家伙，几次要撞过来，又退了回去。随行几十米后，大白鲨一头栽进水里，瞬息又从另一侧冒出来。它仿佛将小艇摸出了底细，竟然用一侧的鳍轻轻触碰着小艇。

"不能让它知道我们不是它的对手，快！用那个棍子，抽它，要狠！"博特命令道。

温克耶拿起一根手腕粗的棍棒，对准大白鲨的头，狠狠地抽下去。大白鲨应声沉入水底。温克耶又举起棍子，做好了再抽下去的准备。博特操起另一根棍子，也双手举起，站在小艇的另一侧。

"大家伙被我抽死了？"温克耶似乎松了一口气。话音未落，海面上突然射出一个"大弹头"——博特和温克耶如果见过海基导弹从海底射出的场景一定会这么形容。"大弹头"在海面上飞行了一二十米后落下，继而又射出，一头撞上艇尾。小艇似乎飞了起来，在海面上跌跌撞撞。博特和温克耶跌倒在艇仓里，木棍都脱手而飞。

小艇还在左右摇摆，博特和温克耶扶着艇舷刚要爬起来，大白鲨又一头撞来，小艇像挨抽的陀螺，在海面上飞转起来。

"都是你，你不该抽打他。伙计，我们完蛋了！"博特惊恐地说，"他或许一开始只是想陪我们玩玩。"

"是你让我抽的，"温克耶哭丧着脸，"你不该让我抽打我们的朋友。"

大白鲨越来越暴躁，冲撞的频率和力度也越来越大。小艇几次差点倾覆,艇仓里已积了齐脚踝深的水。

大白鲨又撞来,"哒哒哒"的马达声戛然而止——马达坏了。小艇在惯性的作用下向前游了一段距离后,就在海面上摇摆颠簸。

按频率,大白鲨应该又要撞来了,却没有。

还是没有……

"它撞昏了吗?"温克耶颤抖着从艇仓里探出头,大白鲨没有昏,却不再是刚才那样的暴躁,只是绕着小艇游动。

"是马达停了,它才平静的。"博特若有所悟,"该死的马达,我们早该关了它。"

"它怎么还不走?"温克耶问,"它还需要我们的道歉?"

"对,我们应该向它道歉,快把罐头送给它!"博特拿起一听金枪鱼罐头,又递一听给温克耶,"记住了伙计,动作要温柔,别扔它头上。"

两人扒在艇舷上,将罐头一块一块,轻轻丢到大白鲨嘴边。大白鲨先是用嘴拱了拱,继而一口吞下。它的动作也越来越温柔,几次因为等不及还抬头用嘴触碰两人的手。

几听罐头喂完了,大白鲨又绕着小艇一圈后,一头沉进大海,不见了。

海面上重又铺上了一层天蓝色的丝绸。

猎豹妈妈的错误

张爱国

秋后的草原,忽然狂风吹起,成群结队的食草动物仿佛一下子遁入地下。冬与夏,难道就这样毫无衔接地过渡?

猎豹艾莉似乎就是这么想的,它一系列的错误也正是从这个错误的判断开始的。这也难怪,因为草原的天气实在变幻莫测,何况是一只整日为孩子们提心吊胆、经验并不丰富的猎豹妈妈。艾莉来到三只嬉闹的小豹旁,一番"咕噜"声后,小豹们静下来,随它走向一片丛林。

艾莉需要抓紧时间捕食,为孩子们储存过冬的食物——对于第一次做母亲的艾莉来说,这一点,令人尊敬。

好不容易,艾莉发现了一匹落群的小角马,于是立即潜伏到草木中,向小角马接近。它的孩子们,亦步亦趋地跟着。

再有七八米,艾莉就可以出击了。但是,它的一个孩子,不知道是得到了什么错误的信息,还是为了逞能,跳了出来。小角马撒腿就跑。艾莉犯了第二个错误:对猎豹来说,这个距离不适合追击,但艾莉还是追了上去——它是不敢丧失这个来之不易的为孩子们储藏过冬能量的机会吗?

虽然出击过早,但猎豹无愧陆上"速度之王",只短短一两分钟,艾莉与小角马的距离就只有五六米了。毫无疑问,如果不是那只冒失的小豹,这匹小角马的咽喉此时一定被艾莉紧紧地咬住。

"速度之王"的猎豹又有个致命的弱点:奔跑的耐力十分有限——造物主的确是公平的,如果不给猎豹这个弱点,很多食草动物就彻底丧失了活路。艾莉和小角马的距离在逐渐拉开,这时候,艾莉应该果断停止追击。但或许是深知这匹小角马对孩子们的意义吧,艾莉忍受着正在急剧上升的体温,拼命追击——这是它犯下的第三个错误。

小角马钻进一片丛林,不见了。艾莉瘫软在地上,大口喘息。它意识到自己的错误了吗?

狂风还在继续,草原仿佛枯黄了。冬天莫非真的来了?

猎豹艾莉一定是这么想的!因为虽然它的体温还很高、体力还没有恢复到可以再一次追击的水平,但它还是带着孩子们再次寻找猎物了。对此,我们应该这样理解:它是一位有着强烈的忧患意识、希望孩子们早日成为出色猎手的爱子心切的母亲。但是它实在心太急,因为刚才的事实已经证明,它的孩子们还太小,不仅不能给它的捕猎以任何帮助,而且会给它制造意想不到的麻烦。但艾莉确实这样做了——很快,我们将知道这是它犯的第四个错误。

艾莉发现了一匹小斑马。这一次,孩子们都学乖了,直到母亲跃起,它们才跑上去。或许是母爱的作用吧,尚未恢复体力的艾莉速度还是那么快。五十米后,艾莉的前爪就触到了小斑马的屁股。再有几秒钟,艾莉必将扑倒小斑马。可就在这时,它的一个孩子,一个急于为母亲排忧解难的孩子,迎着小斑马冲上去——可爱的小猎豹哪里知道,这是猎豹捕猎的大忌,因为猎豹最怕撞击!眼看小斑马就撞上了小豹,艾莉纵身一跃,落在小豹身前。与此同时,小斑马不受控制地撞上来,艾莉被撞出了几米远,滚在地上……

两天过去了,冬天并没有来,食草动物又遍布了草原。

艾莉应该感谢上帝,因为两天前小斑马的撞击并没有给它造成致命的伤,它的身体已有所恢复,但此时决不能捕猎。可是,它的孩子们,忍不住饥饿的痛苦,围着它,哀叫着。

母爱,终于促使艾莉犯下第五个错误,也是它一生中的最后一个错误。

艾莉向一只年老体衰的雄羚羊发起了进攻。事实证明,艾莉选择这只羚羊没有错,因为它很快就扑上羚羊,并咬住它的颈椎。老羚羊没有倒下,带着艾莉在原地打转。艾莉需要尽快咬住猎物的咽喉,这一点本来对于它并不难,但伤病让它此时难以做到。艾莉被老羚羊带着转了十几圈后,松开嘴欲咬向它的咽喉,但是,它的体力实在不允许它这么做——老羚羊猛一低头,利角一挑。艾莉无力躲闪,腹部被挑穿了……

艾莉一定意识到自己的错误了吧,但是,大自然从不给它改正错误的机会,哪怕是对一个爱子心切的母亲!

一天后,艾莉死了,它的三个孩子也于当夜成了鬣狗的美餐。

狮王恩怨

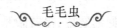

毛毛虫

一番厮杀后,麦克战胜了老狮王,成了这片草原的新一代霸主。

雌狮们纷纷跑过来,大献殷勤。麦克不为所动,迎着朝阳,昂首站立,四下张望——它在寻找幼狮,它要大开杀戒,它不能让老狮王的血脉流淌在它的王国里。

午后,麦克做完了它要做的一切,走进雌狮们中间。

麦克正享受着雌狮们的朝拜,忽然一激灵,抬头,侧耳,注目,嗅鼻——它似乎得到了什么气息。足足一分钟,麦克起身,抛下热情的雌狮们,向领地边缘走去。

麦克的感觉没有错,这儿有一只尚未成年的雄狮——老狮王的儿子费尔斯。早晨,当麦克打败了它的父亲,这只正处在青春期的雄狮就觉得情况不妙,趁着麦克寻杀幼狮的时机悄然逃走。可是,因为在上个星期的一次捕猎中受了伤,费尔斯刚走到领地的边缘,就再也走不动了。

费尔斯也发现了麦克,它知道来者不善,但并没有像它那些已被捕杀的弟弟妹妹那样试图躲藏或逃跑,而是努力站起身,昂头,摆头,极力想竖起头上那象征雄狮力量和威严的鬃毛——虽然那鬃毛还短得不足以给它力量和威严。麦克显然对此不屑一顾,它面若冰霜,步履稳健,径直走向费尔斯。

费尔斯在微微颤抖,但双目圆睁,直视着麦克。还有十米左右,麦克猛

一摆头,张开大嘴,冲向费尔斯。费尔斯呢?没有动,依然直视着麦克。就在麦克离自己只剩下两三米远的时候,费尔斯身子一振,对着麦克"嗷——"一声嚎叫。麦克大惊,急忙收住脚步,站定,这才发现费尔斯的眼里就要喷出浓烈的火焰。麦克不由后退几步。

好一会儿,见没什么异常,麦克才试探性地对着费尔斯叫一声。费尔斯依旧立定,目光如火,回一声嚎叫。麦克再叫,费尔斯再回以叫……第四声的时候,费尔斯再也叫不出先前的气势了,四肢也明显颤抖起来——它太虚弱了。麦克分明觉察到费尔斯的空虚,昂首阔步,再次走向费尔斯。费尔斯想故伎重演,可才张开嘴就轰然倒地。

或许是费尔斯的勇敢震慑了麦克,或许是麦克内心的慈悯被激活,总之,面对毫无反抗之力的费尔斯,麦克竟然收起满脸的骄傲和威严,低头,伸舌,舔舐起费尔斯的伤口……

费尔斯捡了一条命。

接下来,麦克竟然帮助费尔斯养伤,而且在费尔斯伤好后也毫无让它离去之意——如此对待一只即将成年又非自己血脉的雄狮,在狮王世界里绝对罕见。

一年后,费尔斯长成了一只真正的雄狮。

那天,麦克正与一只雌狮戏耍,费尔斯猛然冲上去,一头掀翻麦克。麦克站起身,看一眼费尔斯,并不吃惊——它仿佛早已知道会有这一天。

费尔斯像一年前麦克战胜它的父亲一样,不几个回合就打得麦克开始逃跑。

小山坡上,费尔斯昂首傲立,长长的鬃毛迎风舞动。眼看麦克就要逃出这片领地了,费尔斯一激灵,旋即一声大叫,冲下山坡,追向麦克。

在领地的边缘外,费尔斯追上了麦克。然而,费尔斯并没有撕咬麦克,而是走到麦克面前,低声叫唤。麦克不理睬,低头,闪身,继续向前——动物世界的规则总是这么严密,战败者从没有资格在胜利者面前抬起头。费尔斯又上前拦住,低叫着,轻轻舔舐麦克伤痕累累的脸。

——费尔斯在挽留麦克。

麦克拗不过费尔斯,不再逃跑,却怎么也不肯跟费尔斯回去。

一群角马来了,费尔斯亲自出击。

很快,费尔斯拖来一匹角马,送到麦克面前——它是在感激一年前麦克的不杀之恩吗?可是,对于一个战败的狮王来说,苟活显然是最没有面子和尊严的事——任凭费尔斯如何盛情,麦克就是不吃。

麦克死了,是饿死的。

鬣狗们很快捕捉了麦克的死讯,异常兴奋地跑过来——就是这个狮王,一年来,坏了它们多少好事,杀害了它们多少同胞。现在,报仇的机会来了。

鬣狗们没想到,就在它们冲上去要撕食麦克尸体的时候,猛然一声嚎叫,一只雄狮冲了出来……

就这样,费尔斯守在麦克的尸体旁,直到它被细菌完全分解,鬣狗们也没能吃上一口。

陷落的狮子

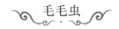

毛毛虫

　　足足两个小时,母狮才带着它的小狮子跌跌撞撞地跑出那片草原。严格地说,母狮将小狮子带出了死亡。

　　两个小时前,当一只外来的年轻雄狮打败老狮王后,第一次做母亲的母狮天真地带着它的三只小狮子跑上去朝贺,不料新狮王却扑上一只小狮子,一口咬断它的咽喉,接着又向另一只小狮子扑去。母狮吼叫着冲上去,却被新狮王撞出几米开外,一条前腿严重受伤不说,小狮子还是被叼在了新狮王嘴里……

　　母狮艰难地爬起来,带着唯一的小狮子,一瘸一拐地向领地外跑去。好在新狮王刚追出几步就发现了另一只雌狮的两只小狮子,放过了它们。

　　母狮实在跑不动了,想停下来,但小狮子还在拼命地、踉踉跄跄地跑着。可怜的才八个月大、断奶不久的小狮子,虽然也早已精疲力尽,但又分明被吓破了胆,只知道一个劲地逃跑。母狮只得跟着小狮子跑,直到母子俩双双倒在地上。

　　此时,草原上的太阳正在发疯。

　　母狮醒来的时候,小狮子也刚刚醒来,但还处在惊魂未定的状态。母狮舔了舔干裂的嘴唇,爬起来,可那条伤腿刚一着地,就疼得急忙收了回去。

　　母狮只得凭着三条腿,蹦跳到小狮子面前,头抵着小狮子的头,低声哼叫着,轻轻舔舐它的体毛。好一会儿,小狮子平静了,艰难地站起来。母狮这才发现,不知什么时候,小狮子也伤了一条腿。

几天后,饥渴交加的母子俩终于一瘸一拐地来到一口水塘边,但对于正处在一年中最旱季节的草原来说,水塘只是过去时或未来时——这儿连一滴水也看不见。凭着经验,母狮带着小狮子走向水塘的中央,那里,即使没有水,也应该有泥巴,说不定还会有一两条被困在泥巴里的鱼。

真是天上掉了馅饼,一头水牛,陷在水塘中央的泥淖里,上半个身子露在外,动弹不得,只偶尔尾巴有气无力地摇一下。小狮子立即跳着跑过去,母狮急忙拦住它,制止了它的冒失——这里,看上去是干的,可一旦踩上就有陷下去的危险。

母狮小心地向水牛接近,每一步,都要停一下,看看是否会陷下去。谢天谢地,水塘实在太干了,母狮再有四五步就能咬上水牛的尾巴了。可就在这时,母狮腿下一沉——那条健康的前腿陷进了泥淖。母狮急忙伏下身,也顾不上伤腿的疼痛,好不容易才挣扎出来。

母狮又试图跳到水牛身上,可那条伤腿再也不允许它这么做。它又试图从其他方向接近水牛,结果全是无功而返。

现在,母子俩就站在水牛一米左右的地方,却只能眼巴巴地看着。

太阳还在发疯,只把一个个火球抛撒到草原上,抛撒在母子俩身上。

一群秃鹫落在水牛身上,哪管水牛还在凄惨地嗥叫,就啄开它的皮,吞咽它的血肉。

血腥的诱惑,让小狮子终于忍不住了,趁母狮不注意蹿上前就要跳过去,可刚一起跳,那条受伤的前腿就让它一头栽在泥淖里。母狮赶紧叼起它。

秃鹫们吃饱了,站在水牛身上,悠闲地梳理着羽毛。母子俩蹲伏一旁,将嘴埋在一个刚刨开的洞里,享受那湿泥巴的清凉。

一只猎豹突然冲来,赶走了秃鹫,落在水牛身上,津津有味地享用起鲜美的牛肉。

母狮艰难地站起来，努力抖了抖身子，对着猎豹大叫，想吓走猎豹。但向来害怕狮子的猎豹，仿佛已看透了母狮，毫不理睬，若无其事地享受着美味。

小狮子已不再满足那湿泥巴的清凉，颤巍巍地站到母狮面前，愤怒地抓着它的头脸，发着微弱的叫声。它是在发泄对母亲的不满吗？

母狮看了看近在咫尺的食物，对着小狮子一番低声咕噜，又一番轻轻舔舐，突然扑向水牛，死死地咬住水牛的尾巴，与此同时，它的四肢也陷进了泥淖。

小狮子在短暂的愣神后，踩着母亲的身子，慢慢爬到水牛身上……

等小狮子吃饱又走出来的时候，母狮只有脊背和头露在外面，嘴巴却仍然死死地咬着水牛的尾巴。

母狮用自己的肉体和生命，为濒死的孩子架设了一条通向生的桥梁。